Voyage au centre de la Terre

by Jules Gabriel Verne

地心探險記

儒勒．凡爾納／著
張喬玟／譯

好讀出版

Voyage au centre de la Terre 2

1

一八六三年五月二十四日，一個星期天裡，我的叔叔李登布洛克教授急匆匆返家。那是一棟座落於國王街十九號的小屋，而這條街是漢堡舊城區裡最古老的街之一。

女僕瑪特一定以爲自己午餐做得晚了，因爲食物這會兒才開始在爐子上滋滋作響。

「好哇，」我自言自語，「這世上就屬叔叔的性子最急，他要是餓了，一定會心急的唉唉大叫。」

「李登布洛克先生現在就回來了啊！」瑪特把飯廳的門微微打開條縫，驚愕地喊道。

「是啊，瑪特；不過午餐還沒準備好是應該的，因爲現在都還沒兩點呢[1]。聖米歇爾的鐘才剛敲過一點半的鐘聲。」

「那李登布洛克先生爲什麼回來了呢？」

「他可能會告訴我們原因吧。」

「他過來了！我先走了，艾克賽先生，您再跟他解釋解釋。」

瑪特又回到她的廚房去了。

1法國人的午餐時間較晚，通常爲下午二點到三點。

剩下我一個人。要我這種性格溫吞的人去跟一位脾氣火爆的教授講道理，我可做不來。因此我也準備走爲上策，溜回樓上的小房間，這時面向大街的那扇門「呀」地一聲開了，緊接著一雙大腳踩得木頭階梯喀啦作響，這棟房子的屋主穿過飯廳，急著趕回他的書房。

但是，就在這迅雷不及掩耳的過場中，他不忘把核桃鉗狀杖頭的手杖扔進角落，把翻毛大帽子丟上餐桌，然後聲如洪鐘地衝著姪兒喊：

「艾克賽，跟我來！」

我都還來不及移動，教授已經用充滿不耐的尖銳口氣吼著：

「怎麼？還不來？」

我馬上衝進我家那個凶神惡煞老爺的書房裡。

奧圖・李登布洛克人不壞，這我也知道，但是除非有什麼神蹟降臨，否則他至死都是個大怪胎。

他是約翰學院[2]的教授，教的是礦物學。他在課堂上往往得發一兩頓脾氣，倒不是因爲他在意學生用功與否，也不是他們聽課專不專心，更不是他們將來能否功成名就。這些

2 約翰學院（Johanneum）於一五二九年由神學家約翰尼斯・布根哈根（Johannes Bugenhagen，1485-1558）創立，是漢堡最古老的學校。

細節他一概漠不關心。套句德國哲學家的說法，他是「憑主觀」在上課，爲己不爲人。這位自私的學者好比一座科學之井，只是你想從這口井打水上來的時候，滑輪會運轉不暢，吱嘎作響：換句話說，他是個吝於分享的小氣鬼。

德國一些教授都是這樣的。

可惜的是叔叔口才並不便給，私底下還行，但是公開說話時問題就來了，對一個靠演講爲生的人而言，這眞是個令人惋惜的缺點。的確，這位教授在講課的時候，話常常講到一半便硬生生打住，和某個死不肯從他嘴裡溜出來的倔強字眼奮戰。那些字在他嘴裡掙扎、膨脹，最後以不太科學的詛咒言語脫口而出。然後他大發雷霆。

而礦物學裡面有許多摻雜了希臘文和拉丁文的名詞，極其拗口，許多名詞艱澀到能磨破詩人的嘴皮子。我不是要說這門科學的壞話，絕對不是。但是無論誰碰上「菱形六面結晶體」、「化石樹脂」、「鈣鋁黃長石」、「鈦輝石」、「鉬鉛礦」、「黑鎢礦」和「鈣鈦礦」，最靈活的舌頭只怕也要打結。

城裡的人都知道叔叔這個値得原諒的毛病，老拿這一點來欺負他，等他講到最容易出錯的段落開始發脾氣的時候，他們就出聲訕笑。就算對德國人來說，這也不是什麼有格調的事。儘管總是有大批莘莘學子來上李登布洛克教授的課，但許多一來再來的人是特地來看教授發威動怒，尋開心的。

無論如何，叔叔是一名眞材實料的學者，要我說幾遍都行。雖然他有時候過於粗暴，實驗的時候弄壞樣本，但他卻結合了地質學家的天分與礦物學家的銳眼。運用起鎚子、鋼釘、磁針、吹管以及那瓶硝酸來，可是很有兩把刷子的。從一顆礦石的斷口、外表、硬度、熔性、聲音、氣味、滋味，他就能毫不遲疑把它歸入至今爲止發現到的六百種礦石之中的某一類。

因此李登布洛克的大名在全國的學校及協會中，聲譽顯赫。亨佛萊・達維[3]及洪堡[4]、佛蘭克林及薩賓[5]幾位都不忘在路過漢堡時登門拜訪。貝克勒爾[6]、艾貝爾曼[7]、布魯斯特[8]、杜馬[9]、米爾恩—艾德華[10]、聖克萊爾—德維爾[11]這幾位，喜歡拿最引人入勝

3亨佛萊・達維（Humphry Davy，1778-1829）是英國化學家，也是發現化學元素最多的人，被譽爲「無機化學之父」。

4亞歷山大・封・洪堡（Alexander von Humboldt，1769-1859）是德國地理學家、生物學家、人類學家。

5分別指英國探險家約翰・佛蘭克林爵士（John Franklin，1786-1847）及天文學家艾德華・薩賓（Edward Sabine，1788-1883）。

6亨利・貝克勒爾（Henri Becquerel）是法國物理學家。

7艾貝爾曼（Jacques-Joseph Ebelmen，1814-1852）是法國礦業工程師。

8大衛・布魯斯特（David Brewster，1781-1868）是蘇格蘭物理學家。

9杜馬（Emilien Dumas，1804-1870）是法國地質學家、古生物學家。

10米爾恩—艾德華（Henri Milne-Edwards，1800-1885）是法國生物學家。

11聖克萊爾—德維爾（Sainte-Claire-Deville，1818-1881），是法國化學家。

的化學難題來向他請益。拜他所賜，這門學科才有輝煌的發現。而且他在一八五三年於萊比錫出版了「超越晶體學論文」這本內附全頁插圖的大開本專著，不過落了個慘賠的下場。

此外，叔叔還擔任過俄國大使斯特魯維先生的礦物博物館館長，該博物館的館藏享譽全歐。

急不可耐地呼叫我的人就是這位。諸位不妨想像一位男人高高瘦瘦，腰強腿健，一頭青春洋溢的金髮，模樣比實際的五十好幾還年輕了十歲。他的大眼睛在厚重的鏡片後面骨溜溜轉著，一管細長的鼻子好似鋒利的刀片，有些壞心眼的人甚至說他的鼻子是磁鐵，吸得起鐵屑。這完全是誹謗，他只吸鼻菸而已，不過菸癮很大倒是真的。

附帶一提，叔叔邁開的一步恰恰一公尺，不多不少。他走路時雙手握拳，說明他性情急躁，怪不得沒人喜歡他的陪伴。

他在國王街上的這棟小房子，是一座半木造、半磚造，有鋸齒狀山牆的住宅。倖免於一八四二年大火的漢堡舊城區中，有許多彎彎曲曲的運河縱橫交錯，這棟房子就面對著其中一條。

這棟老房子格局不夠方正，的確，它朝著行人凸出肚子，屋頂歪斜一邊，宛如道德協

奧圖・李登布洛克是個又高又瘦的男人

會[12]的學生的帽子。雖然垂直線條有待加強，但是整體而言，它很牢固，這全得感謝一棵老榆樹，強勁地嵌入房屋正面，春天時花苞還會伸進窗子裡來。

對一名德國教授而言，叔叔算得上富有。這棟房子的裡裡外外，全都屬於他。房子裡頭住了他的教女——十七歲的維爾蘭[13]少女歌洛白，女僕瑪特還有我。我是他的姪兒，又是個孤兒，自然也當起他實驗時的助手來。

我承認我對地質學有濃厚的興趣，孜孜不倦；礦物學家的血在我的血管裡流動，有我那些珍貴的石頭相伴，我從不無聊。

總之，儘管國王街這棟小房子的主人是個急性子，我們還是活得快快樂樂，因爲他待我雖然有點蠻橫，還是很疼愛我。只是那個人不擅等待，總是風急火急的。

四月的時候，他在客廳的彩陶花盆裡種下木犀草或牽牛花，每天早上他總會去拉拉它們的葉子，以便加速它們的成長。

碰到這種怪人也只有俯首聽命的份，所以我三腳兩步進入他的書房。

12 道德協會（Tugendbund）是活躍於一八〇八至一八一五年間的一個德國祕密團體，旨在頌揚德國民族品德，並將普魯士從法國手中解救出來

13 維爾蘭（Vironian）是芬蘭的一支族裔，後來建立了愛沙尼亞。

2

叔叔這間書房是不折不扣的博物館，齊集了整個礦物界的樣本。這些樣本分成可燃、金屬和岩石三大類，全都依照最嚴謹的順序被貼上標籤。

我多熟悉礦物學裡的這些小玩意兒啊！有時候我反而不和同齡男孩們廝混，就愛替這些石墨、無煙煤、煙煤、褐煤、泥炭撢灰塵。瀝青、樹脂、有機鹽可沾不得半點灰塵啊！還有從鐵到黃金這些金屬，它們同樣身爲樣本，所以沒有價值高低之別！另外那些石頭，都足夠再蓋一棟國王街房子了，我看再多加一間漂亮的房間也沒問題，那可就稱了我的意啦！

但是進入書房時，我的心思幾乎不在這些寶貝上面，全讓叔叔獨占了。他沉沉坐在那張烏德勒支絨布[1]大扶手椅裡，手裡捧著一本書，正在仔細欣賞，讚不絕口。

「好書！好書啊！」他叫喊。

聽他這麼一喊，提醒了我李登布洛克教授閒暇之餘還是隻書蟲。但是一本書除非是稀

1 一種以羊毛代替絲絨的天鵝絨布，最早在十七世紀末的烏德勒支（Utrecht）製作。

他住在位於國王街的小房子裡

世罕見或天書，他才覺得有價值。

「怎麼？」他對我說，「看不出來嗎？這是無價珍寶啊，我今早在猶太人赫維留的店裡尋寶的時候碰上的。」

「這麼好！」我裝出一副很熱中的樣子。

這本書的書背、封面和封底看起來都是粗劣的小牛皮所製，還吊著一條褪色的書籤帶，這樣一本老舊泛黃的四開本書有什麼值得大驚小怪的？

但是教授仍兀自讚嘆個沒完。

「看，」他自問自答，「挺漂亮的是吧？是啊，眞值得讚賞！瞧這裝幀做得多精緻！容易翻頁嗎？很容易喔，因爲無論翻到第幾頁，書本都能維持敞開呢！那闔得牢嗎？牢！因爲封面和內頁能服貼地合而爲一，密不可分。然後這書背啊，過了七百年都沒有出現一絲裂痕喔！啊！這樣的裝幀，就是博澤里昂、克羅斯或是畢爾戈[2]也會引以爲傲的啊！」

叔叔嘴巴上說，手還不忘開開闔闔這本老書，我只好向他詢問這本書的內容，儘管我興趣缺缺。

「這麼美妙的書，書名是什麼呢？」我用一種太過熱切，一看就知道是假惺惺的殷勤

2 三人皆爲裝幀大師。

問道。

「這本著作嗎？」叔叔回答得很興奮，「是斯諾爾・涂魯森[3]的《王紀》[4]，他是十二世紀有名的冰島作家啊！這是統治冰島的挪威諸王編年史！」

「眞的啊！」我盡可能讓聲音聽起來像驚嘆，「這麼說，這一定是德文譯本囉？」

「啐！」教授的反應很激烈，「譯本！我要譯本做什麼？這是冰島原文版！這美妙民族的語言既豐富又簡單，有多樣化的語法，單字可多重變化！」

「就跟德文一樣嘛。」我很高興能話中帶刺。

「對，」叔叔聳聳肩，「更別說冰島語像希臘語，有三種性別，又同時像拉丁語，專有名詞必須按照性、數、格變化！」

「喔！」我原本不關己事的心態這下有點動搖了，「那這本書的字體漂亮嗎？」

「字體！誰跟你講到字體啦！可憐的艾克賽！不過這書的確跟字體有關！哈！你以爲這是印刷書吧？這是手抄本哪，傻瓜，還是古代北歐字母手抄本！」

3 斯諾爾・涂魯森（Snorre Turleson）是作者虛構的名字，靈感來自十二世紀的冰島歷史學家、詩人斯諾里・斯涂魯森（Snorri Sturluson）。

4《王紀》（Heims-Kringla）是斯諾里・斯涂魯森大約在一二二五年在冰島寫就的，它失蹤了四百年之後才又出現。

「古代北歐字母？」

「對！要我跟你解釋這詞的意思嗎？」

「不勞您費心了。」我的口氣就像個被傷到自尊心的人。

但叔叔繼續更加起勁地教導我一些我一點都不想懂的東西。

「古代北歐文字呢，」他接著說下去，「是冰島過去使用的一種書寫文字，而且相傳是奧丁[5]本人創造的！所以仔細看，好好欣賞，你這叛逆的小子，這些文字都出自神祇的想像力啊！」

的確，我一時語塞，正準備膜拜這本書（這是那種可以討好天神或君王的回應，因爲沒有人不喜歡受人一拜的），此時一樁意料之外的事件轉移了我們的話鋒。

一張髒兮兮的羊皮紙從書頁裡滑出來，飄到地上去。

叔叔急巴巴地往這張小紙片撲過去，他那副餓虎撲食的德性是很容易理解的。一份自久遠以來被封在古書裡的老舊文件，在他眼中必然價值連城。

「這是什麼？」他大聲說。

說話的同時，他把一塊長約十三點五公分、寬約八點一公分的羊皮紙小心翼翼地攤平

5北歐神話中的主神。

在桌上。一排如咒文般難解的文字橫列在羊皮紙上。

左頁的符號就是我一筆不漏謄錄下來的內容。我堅持要讓大家看見這些奇形怪狀的符號，因爲它們帶領李登布洛克教授和他的姪兒進行了一場十九世紀最奇異的遠征。

教授審視這一連串文字半晌，接著推高眼鏡說：

「這是古代北歐文字。這些字形都跟斯諾爾．涂魯森的手稿一模一樣！可是……這會是什麼意思呢？」

我覺得古代北歐文字是學者爲了愚弄平民大眾而創造出來的一種文字，所以我並不會氣叔叔對此一無所悉，但顯然這樣想的只有我而已，因爲叔叔的手指劇烈的顫抖了起來。

「明明是冰島古文啊！」他切齒呢喃道。

李登布洛克教授應該看得懂的，因爲他是語言天才。我並不是指他能把地表上使用的兩千種語言以及四千種方言說得很流利，但他至少懂得其中很大一部分。

碰到這個難題，他就快要急火攻心了，我預見一場髮指眥裂的場面，這時壁爐上的鐘敲了兩下。

瑪特旋即打開書房的門，說：

「湯好了。」

「去它的湯，」叔叔吼道，「煮湯的、喝湯的，統統下地獄去！」

瑪特落荒而逃。我飛步追在她後面，然後不知怎地，我就坐在餐廳的老位子上了。

我等了一會兒，教授還不來。就我所知，這是他第一次錯過吃飯這種盛事。然而這頓飯多美味可口啊！西洋芹濃湯、荳蔻酸模[6]煎火腿蛋捲、李子醬小牛腰肉，甜點則是糖漬蝦，再加上一瓶莫塞爾產的美酒佐餐。

叔叔就要爲了一張舊紙，付出這個代價。的確，我覺得身爲他忠誠的姪兒，我有義務要幫他和自己吃。我也老大不客氣地做了。

「我從來沒見過這種事！」瑪特說。「李登布洛克先生竟然不吃飯！」

「眞是難以置信。」

「這預言有大事要發生了！」年老女僕點點頭說。

在我看來，這算哪門子預言，只除了叔叔發現他的午餐被吃個精光時，場面會變得怵目驚心。

正在吃最後一尾蝦子時，一道震天價響的聲音把我從吃甜食的心蕩神馳中震了出來。我馬上跳了起來，從餐廳蹦到書房裡去了

---

6 酸模，蓼科多年生草本植物，嚐起來有酸溜口感，常被作爲料理調味用。

3

「這當然是古代北歐字母，」教授蹙著眉頭說。「但是裡面暗藏玄機，我一定會找出來，不然……」

他用一個激烈的手勢終止他的思緒。

「你去坐在那裡寫。」他補充，用拳頭指示我到桌子那邊去。

我一下子就準備就緒。

「現在我要用德文念出每個對應這些冰島文字的字母，你記下來，我們再看看有什麼結果。

「不過我以聖米迦勒[1]之名提醒你，你可別給我寫錯了！」

聽寫開始，我盡了全力。逐一被念出來的字母組成以下一連串無法理解的字：

mm.rnlls esreuel seecJde

sgtssmf unteief niedrke

1《聖經》中大天使的名字。

kt,samn atrateS Saodrrn
emtnael nuaect rrilSa
Atvaar .nscrc ieaabs
ccdrmi eeutul frantu
dt,iac oseibo KediiY

我一寫完，叔叔便用力抽走我剛寫好的紙，專心地審視良久。

「這是什麼意思？」他下意識地又說了一遍。

天地良心，我可什麼都不知道。不過他也沒問我的意思，繼續喃喃自語：

「這就是人稱密碼的東西，」他說，「眞正的意思藏在這些刻意打亂的字母裡頭，如果能適當排列，就會組成可堪理解的句子來了！裡面或許有某個重大發現的說明或提示哩！」

在我看來，我想裡面什麼都沒有，但是我謹愼地管住了舌頭。然後教授拿起書和羊皮紙，兩相比對。

「這不是同一個人的字跡，」他說，「密碼比書的時代還晚，而且我馬上就看到一個不容置疑的證據。密碼的頭一個字母是雙M，這在涂魯森的書裡是看不到的，因爲這個字母要一直到十四世紀才被加入冰島字母裡。因此手抄本和這份文件之間至少相隔了兩百年。」

我承認這話聽起來還滿有道理的。

「所以我聯想到，」叔叔繼續說，「應該是這本書的收藏者之一寫下這些神祕的文字。但是這個收藏家究竟是誰呢？他會不會把自己的名字寫在這手抄本的某處上呢？」

叔叔扶了扶眼鏡，拿來一把大倍數的放大鏡，查看起書的頭幾頁。他在第二頁，即書名頁的背面發現一種污漬般的東西，看似墨跡。他湊近一看，認出幾個抹糊的字眼。叔叔知道那正是值得注意的地方，於是藉助放大鏡，對著那塊污跡死纏爛打，終於辨識出以下的符號。他隨即流暢念出這幾個古代北歐文字：

「亞恩・薩克努森！」他用勝利的口吻大叫，「這是人名哪，還是個冰島名字。這個人是十六世紀著名的學者，也是鍊金術士！」

我不禁有些欽佩地看著叔叔。

「這些鍊金術士，」他繼續說，「像阿維森納[2]、培根[3]、盧爾[4]、帕拉塞爾蘇斯[5]，是他們那個時代裡唯一貨眞價實的學者。他們的發現可都是令我們大吃一驚的呢。那麼這位薩克努森，又怎麼不會把某項驚人的發明，藏在這個無法理解的密碼背後呢？應該是這樣的。一定是。」

這個假設點燃了教授的想像力。

「一定是的，」我大起膽子問，「不過這位學者把某個巧妙的大發現這樣子暗藏起來有什麼意思呢？」

「爲什麼？爲什麼？呃，我怎麼知道？伽利略不也隱瞞了土星的存在嗎？更何況，我們到時候就知道了；我一定會解開文件裡的祕密，我要不吃不睡，直到猜出來爲止。」

---

2 阿維森納（Avicenna，980-1037）是波斯哲學家、醫生。
3 羅傑・培根（Roger Bacon，1214-1294）是英國哲學家、鍊金術士。
4 拉蒙・盧爾（Raymond Lulle，1231-1349）是出生於馬略卡王國的加泰隆尼亞作家、神學家。
5 帕拉塞爾蘇斯（Paracelsus，1493-1541）是一位瑞士醫生、鍊金術士。

「喔！」我暗暗叫苦。

「你也是，艾克賽。」他又補上一句。

「眞要命！」我對自己說，「幸好我剛吃了兩人份！」

「首先，」叔叔說，「我們必須找到這個『暗碼』所使用的語言。這應該不會太難。」

聽到這句話，我猛地抬起頭來。叔叔又開始自言自語：

「甚至簡單得很。這張紙上面有一百三十二個字母，其中有七十九個子音，五十三個母音。南方語系就大致是按照這個比例組成的，而北方語系的子音就豐富太多了。所以這是南方的語言。」

這個結論非常合情入理。

「那是什麼語言呢？」

此刻我等著我的學者回答，因爲我發現他有很精闢的分析能力。

「這個薩克努森，」他說下去，「是個飽學之士，他若不用自己的母語書寫，應該會偏好選擇十六世紀文人之間通用的語言，我指的就是拉丁語。我如果搞錯了，大可以換西班牙語、法語、義大利語、希臘語、希伯來語來試試看。但是十六世紀的學者通常以拉丁語書寫，所以我顯然能夠說這是拉丁語。」

我從椅子上彈了起來。這一連串古裡古怪的文字竟然會是維吉爾[6]那溫柔似水的語言？熟諳拉丁語的我，在心中排斥起這個說法。

「對！是拉丁語，」叔叔繼續說下去，「不過被打亂了。」

「管它的！」我心想。「如果您能重新整理好順序，那才叫本事呢，叔叔。」

「咱們來仔細看看，」他說，拿起那張我寫過的紙。「這一百三十二個字母顯然亂七八糟。有些字只有子音，像第一個字『m.rnlls』，其他卻反而有大量的母音，例如第五個字『unteief』，或是倒數第二個字『oseibo』。不過這些字母的排法明顯不是根據正確的語法；它是依照某個未知的規則精心排列的，這個規則支配了這些字母的排序。我覺得可以確定的是，原句是正常地被寫下來，然後根據一個我們非找出來不可的規則顛倒次序。持有開啓『暗碼』鑰匙的人就能順暢地讀出來。只是這把鑰匙是什麼呢？艾克賽，你有嗎？」

這個問題不用說也知道我答不上來。我的目光停留在牆上一幀迷人的照片上，那是歌洛白的肖像。叔叔的教女正在阿爾托納[7]她的一個女眷家中，她不在家讓我非常難過，因

6維吉爾（Virgil）是古羅馬詩人，他的詩歌據稱流暢優美，幾至盡善盡美的地步。

7阿爾托納（Altona）是漢堡的最西區。

為我現在可以大方承認，嬌美的維爾蘭姑娘和教授姪兒兩情相悅，就像德國人談戀愛那樣充滿耐性，平心靜氣。我們背著叔叔私訂終身，他這個徹頭徹尾的地質學家是沒辦法體會這種感情的。金髮碧眼的歌洛白是個迷人的少女，個性有點嚴肅，觀念實事求是，但她很喜愛我。至於我對她，可以說是戀慕了，如果條頓語裡面有這個說法的話！於是我那維爾蘭佳人的倩影將我拉出現實世界片刻，進入幻想世界，走入回憶裡。

我眼前浮現那位於公於私都是我忠誠夥伴的女子。她每天都會幫我整理叔叔那些珍貴的礦石，和我一起貼上標籤。歌洛白小姐眞是一位非常厲害的礦石學家！她最愛鑽研這門科學裡的難題。我們一同學習，共度了多少甜蜜的時光啊！望著那些被她的迷人雙手把玩的麻木石頭，我又有多常心生羨慕！

接著是休息時間，我們相偕出門，取道阿爾斯特河[8]邊蓊鬱的林蔭道，結伴前往塗了柏油防水的舊磨坊，它矗立在湖的盡頭，襯托得風景更加優美；一路上我們攜手閒聊。我告訴她一些趣事，逗得她開懷大笑。我們就這樣子走到易北河畔，然後向在白色大睡蓮之間游水的天鵝道過晚安之後，搭乘汽船返回碼頭。

8 阿爾斯特河（Alster）是德國北部的一條河流，源於什列斯威—霍爾斯坦（Schlewig-Holstein），注入易北河。

歌洛白是一個迷人的金髮女孩

我正在白日夢中，這時叔叔的拳頭突然搥在桌子上，把我帶回了現實。

「我們來看看，」他說，「我想一般人要打亂一個句子裡的字母最先想到的，是把每個字由上往下寫出來，而不是由左至右。」

「喲！」我暗自驚奇。

「我得看看這個方法會得出什麼結果。艾克賽，在這張紙上隨便寫一個句子，但不要一個接一個排列這些字母，而是依次由上往下寫下來，寫成五、六行。」

我聽懂了他的意思，旋即由上至下寫了：

J m n e G e
e e , t r n
t' b m i a !
a i a t u
i e p e b

「好，」教授看都不看就說。「現在把這些字橫排。」

JmneGe ee,trn t'bmia ! aiatu iepeb

「好極好極！」叔叔說，把紙從我手上扯過去，「現在有那份古老文件的樣子了：母音和子音都一樣凌亂，字的中間連大寫字母、逗點都有，跟薩克努森的羊皮紙一模一樣！」

我忍不住覺得他的想法非常巧妙。

「但是，」叔叔繼續對著我講，「要讀你剛才寫下的我不曉得內容的句子，我只需要逐一拿出每個字的第一個字母就夠了，然後是第二個，接著第三個，以此類推。」

然後叔叔就念了出來。這一念讓他詫異非常，而我更是嚇了一跳：

Je t'aime bien, ma petite Grauben !（我好愛你，我的小歌洛白！）

「什麼！」教授說。

沒錯，我這戀愛中的傻蛋不知不覺寫下這種會毀人清譽的句子來！

「啊！你愛歌洛白！」叔叔說，口氣就像個眞正的監護人！

「對……不……」我支支吾吾說。

「啊！你愛歌洛白，」他下意識地重說一遍。「呃，好吧，我們還是把我的方法應用在眼前這份文件上好了！」

叔叔又回頭專心沉思，我一時失慎的告白已經被拋到腦後了。我之所以認爲此事失慎，是因爲學者不解風情，所幸他的心思都讓神祕文件這麼重大的事占據了。

就在李登布洛克教授進行他那關鍵的試驗時，他的眼睛透過鏡片迸出精光。他重新拿起那張老羊皮紙的手指在顫抖，想必心緒澎湃。最後他劇烈地咳嗽起來，再以低沉的嗓音連續念出每個字的頭一個，然後是第二個字母。我記下他對我念出來的一連串文字：

messunkaSenrA.icefdoK.segnittamurtn
ecertserrette,rotaivsadua,ednecsedsadne
lacartniiiluJsiratracSarbmutabiledmek
meretarcsilucoYsleffenSnl

我承認自己在句子快要結束的時候，開始心跳耳熱。這些接連念出來的字母對我絲毫不具意義，因此我等著教授堂皇地吐出一句漂亮的拉丁文。

但是結果誰又能預測呢？叔叔重拳捶下，書桌一陣搖撼。墨水四濺，羽毛筆從我手中跳出。

「這不對！」叔叔大叫，「沒有意義啊！」

緊接著，他像一顆炮彈飛出書房，雪崩似地衝下樓梯，急匆匆走上國王街，飛奔而去。

4

「他出門了嗎？」瑪特驚喊。她聽到前門猛烈摔上的聲音跑了過來，那聲音震得整棟房子搖搖晃晃。

「對！」我答道，「走得連人影都不見了。」

「那他的午餐怎麼辦？」老女僕問道。

「不吃了！」

「晚餐呢？」

「也不吃了！」

「怎麼會？」瑪特雙手合十。

「他不吃，好瑪特，他再也不吃飯了，這個家裡的人也不准吃！李登布洛克叔叔要我們全體禁食，直到他破解一道絕對解不開的古老謎題爲止。」

「老天！所以我們只得餓死了！」

我不敢承認和我叔叔那樣專制的人一起，這是極有可能的下場。

老女僕驚恐萬分，一路哀聲嘆氣地回到廚房去。

老女僕嘆氣著回到廚房

剩下我獨自一人時，我動了一個念頭，想一五一十對歌洛白傾訴。但是我要怎麼離開家？教授隨時都會回來。如果他叫我呢？要是他想再接再勵這個連老俄狄浦斯[1]都束手無策的文字遊戲怎麼辦？萬一我沒回應他的召喚，下場會如何呢？

我看還是留下來比較明智。正好貝桑松的一位礦物學家剛寄了一批矽晶洞來，必須分類。我開始幹活。我挑揀，貼標籤，把這些內有小水晶晃動的中空礦石全部擺進它們的玻璃櫃裡。

但這個工作並未讓我排除雜念。說也奇怪，那份古老的神祕文件讓我耿耿於懷。我的腦子裡翻江倒海，我感到一波憂慮席捲過來。有種大難即將臨頭的預感。

一個小時過後，晶洞都按照順序陳列架上，然後我坐進那張大烏德勒支絨布扶手椅，頭往後一仰，垂盪著雙臂。我點燃弧形菸管的長菸斗，煙鍋[2]上雕著玉體橫陳的慵懶水神。我看著水神逐漸煙熏成黑人的過程，藉以自娛。我偶爾豎耳傾聽樓梯間是否有腳步聲迴響，不過沒有。叔叔人現在會在哪裡？我幻想他正在阿爾托納車馬大道上豐美的樹下狂奔，指手劃腳，用他的手杖痛擊牆壁，隻手猛拍青草，將薊花斷頭，驚擾休憩中的孤獨送

1 俄狄浦斯（Œdipus）是希臘神話中的底比斯國王。他爲了幫底比斯人解困，破解了人面獅身獸的謎題，故以此比喻善於解謎的人。

2 裝在旱煙袋頂端用以盛菸葉的用具。多用銅或金屬製成。

子鳥。

他會凱旋而歸，還是喪氣而回呢？誰會勝出？是密文還是他呢？我一邊自問，一邊下意識地用指尖夾起那張紙，上頭列有我寫下的一連串費解的字母。我一再說著：

「這是什麼意思呢？」

我打算以造字的方式結合這些字母。不可能！無論是將它們兩個兩個或三個三個、五個五個或是六個六個組合起來，都絕對無法得出任何可堪理解的內容來。的確，第十四個、第十五個和第十六個字母組合成英文的ice，而第八十四個、第八十五個和第八十六組合成sir。最後，在文件中間第二跟第三行的地方，我也注意到rota、mutabile、ira、nec、atra這些拉丁字。

「見鬼了，」我心想，「最後這幾個字似乎說明叔叔對文件使用語言的推測是有道理的！甚至在第四行，我還注意到luco這個字，可以翻譯成『聖林』。不過我們也確實在第三行讀到希伯來文tabiled這個字，而最後一行有mer、arc、mere這些純法文字。」

我快被逼瘋了！這荒謬的句子裡有四種不同的語言！在「冰」、「先生」、「憤怒」、「殘酷」、「聖林」、「變動」、「母親」、「弓」或「海」這些字詞間會存在著什麼關聯？只有第一個和最後一個可以輕易作出聯想，在寫於冰島的文件裡出現「冰海」，沒什麼好驚訝。但是靠這麼一點線索去解開餘下的密碼，就是另外一回事了。

我和一個費解難題奮戰起來。我的腦袋發熱，雙眼眨巴盯著這張紙；那一百三十二個字母似乎圍著我飛來飛去，就像血脈賁張的時候，繞著我們的頭在空中滑行的銀珠。

我眼前彷彿金星亂冒。感覺氣悶，亟需空氣。我下意識拿那張紙來搧風，紙張的正反面相繼呈現我的眼前。

在某一次快速翻動中，紙背轉向我的時候，我大吃了一驚，我認爲自己看見了清楚可辨的拉丁字眼，特別是craterem和terrestre！

我腦子裡靈光一現；這僅有的線索讓我隱隱約約窺見眞相，我發現密碼的規則了。要讀懂這幾句密文，甚至不必透過紙背閱讀！不。就按照原狀，照我聽寫下來的，照它被拼出來的模樣。教授想出來的每個聰明解法都得到驗證了；他說中了字母的排法，也說對了文件使用的語言！他什麼都不需要，就能從頭把這拉丁句子念到尾，而這個竅門，剛剛碰巧讓我找到了！

可想而知我有多激昂！我的視線模糊，看不清楚。我把紙攤平在書桌上。我只消瞄一眼就能成爲祕密的主人。

最後我總算安撫了激動的情緒。我逼自己繞著房間走兩圈來鎮定神經，然後回來沉沉落坐在那張大扶手椅裡。

「來讀吧，」我深深吸進一口氣之後，對自己喊話。

我伏在桌子上，手指逐一按在每個字母上面，然後一刻未停，一刻未曾猶豫，我高聲朗讀整個句子。

頓時我驚駭莫名！我先是震驚呆立了好半天。什麼？我剛剛得知的事情，眞的有人實現了！竟然有人有那麼大的膽子，敢走進那裡去！

「啊！」我蹦起來大喊，「不行！不行！這件事不能讓叔叔知道！他一定會跑這一趟的！他也會想要嘗嘗那個滋味！什麼都阻止不了他！像他那樣志在必得的地質學家，絕對會不顧一切，以身赴險！他還會帶我一塊去，然後我們永遠回不來了！再也回不來！再也回不來！」

我的亢奮難以描述。

「不！不！不會這樣，」我活力充沛地說，「既然我能阻止這個念頭進入我家暴君的腦中，我就該這麼做。要是讓他拿著這張紙翻來覆去，他總會碰巧發現箇中竅門的！還是把它銷毀吧。」

壁爐裡還有一些餘火。我不只抓住那張紙，還連同薩克努森的羊皮紙；我的手瑟瑟打顫，正準備把東西一古腦兒丟到炭火上，湮滅這個危險的祕密，此時書房門打開了。是叔叔。

5

我只來得及把那份不祥的文件從書桌上移開。

李登布洛克教授看上去似有心事沉思。他的腦袋被霸占了，撥不出空檔；想當然耳，他在散步的時候就已經把整件事情都鑽研剖析過了，把他的想像力發揮得淋漓盡致，現在回家來應用幾個新的破解法。

果然，他坐進扶手椅中，手持羽毛筆，開始列出一些類似計算代數的公式。

我的眼光追隨著他顫慄的手，沒有遺漏半點動作。會不會發生什麼出乎意料的結果？我沒有理由發抖呀，因爲眞正的破解法，那個「不二法門」，已經被我拿到手了，再繼續找下去一定都只會是白費力氣。

在漫長的三個小時內，叔叔頭抬也不抬，一聲不響地埋首工作，擦掉、重來、劃掉再捲土重來，這樣子周而復始了上千遍。

我很清楚，如果他能依照這些字母能占據的所有位置來排列的話，就能組出這個句子。但我知道就算只有二十個字母，也能構成2,432,902,008,176,640,000個組合。而這些句子裡有一百三十二個字母，這一百三十二個字母所能組成的不同句子的數量，至少會有一百三十三位數，幾乎不可能列舉得出來，數也數不清。

想到解謎的工程這麼浩大，我就感到心安。

時間一分一秒地流逝。夜幕剛低垂，街上的喧聲一陣弱似一陣。叔叔還在伏案耕耘。他視而不見，無視微微開啓書房門的瑪特；聽而不聞，連這位可敬的女僕問他今晚用餐否的聲音都置若罔聞。

一點回音反應都沒有，瑪特只好走開。而我在掙扎了一段時間後，被一波擊不退的睡意攫住，就在沙發的一頭睡著了，叔叔則一直在計算和修改。

當我在次日醒來，那位永遠不累的工作狂還在埋頭苦幹。他的兩眼布滿紅絲，臉色死白，頭髮在他焦躁的手指下蓬亂糾結，他泛紫的顴骨足以指出他跟不可能之事間的爭鬥有多慘烈。時間分分秒秒流逝，他苦心孤詣。

眞的，我覺得他很可憐。雖然我自認爲有理由譴責他萬般不是，某種感情還是在我身上蔓延開來。這可憐的男人專心一意，連要生氣都忘了；他一股勁兒地鑽研。由於他的精力並非透過平常的管道宣洩，我怕緊繃的壓力隨時都會讓他爆發。

我一個動作就能鬆開他頭上的鐵箍，只要一句話！我卻什麼都沒有做。

我這是出於善心，否則我爲什麼要在這種情況下保持緘默呢？還不是爲了叔叔好。

「不行、不行，」我再三對自己說，「不行，我不會說的！我瞭解他，他會想去。什麼也阻止不了他。他有活躍的想像力，爲了做其他地質學家沒做過的事，他可以不惜性命去冒險的。我要閉緊嘴巴，我會守著這個偶然握有的祕密！洩露它就等於殺了李登布洛克教授！他大不了自己猜出來，我可不願哪天因爲引他走向滅亡而自責！」

我心意已決，於是雙臂抱胸等著，未料一件意外之事會在數小時之後發生。

那時瑪特想上街買菜，卻發現大門深鎖，而且那把大鑰匙不在鎖孔上。誰拿走了？當然是叔叔，就在他昨天晚上匆匆出門後返家時。

他是故意的嗎？還是不小心？他想要餓死我們嗎？這在我看來有些過分了。怎麼可以！瑪特和我，我們都是局外人，卻要跟著受罪？一定是的，因爲我還記得一個令人心有餘悸的前例。若干年前，叔叔忙著爲他的礦物分門別類，因爲工程浩大，他保持四十八小時粒米未進，我們全家人只得跟著他發憤忘食。我因此得到胃痙攣，對一個天生腸胃健旺的男孩而言，這一點兒都不好玩。

我覺得早餐又要像昨天的晚餐那樣付之闕如了。不過我決定當個男子漢，不向飢苦屈服。善良的瑪特覺得事態嚴重，十分傷心。至於我，離不開屋子還更令我擔憂，原因自不待言。誰都能理解我。

叔叔仍舊在工作；他的思緒在各種解法的理想世界裡遊走；他離地球遠不可及，自外於人類的基本需求。

我雙臂抱胸等著

接近中午的時候，我餓得飢火燒腸。瑪特非常無辜地，早就在昨晚把食物櫃裡的儲存食物都一掃而光，家裡半點食物都沒有了。然而我繼續苦撐，不然面子掛不住。

兩點的鐘聲敲響了。事情不只變得很荒謬，甚至令人無法忍受。我的眼睛睜得不能再大。我開始對自己說，我誇大了文件的重要性，叔叔一定不會相信的，他會看出這是一場騙局。就算他還是想去冒險，無論他要不要，我們都會留住他。而且要是讓他自己發現「暗碼」的鑰匙，我豈不白餓一場？

我昨晚憤而摒棄的那些理由，此刻顯得充分極了。我甚至覺得等那麼久實在是荒謬透頂，我立刻打定主意。

因此我尋思該如何進入正題，不可以過於突兀，這時教授站了起來，戴上帽子，準備出門。

什麼？您要出去，然後繼續把我們關起來？不可以！

「叔叔！」我說。

他似乎沒聽見我在叫他。

「李登布洛克叔叔！」我提高嗓門再喊了一次。

「嗯？」他像個突然驚醒過來的人。

「那鑰匙？」

「什麼鑰匙？門的鑰匙嗎？」

「不是啦，」我喊道，「密碼的鑰匙！」

教授透過他的鏡片看著我。他鐵定注意到我神色有異，因爲他倏地抓住我的手臂，連話都顧不上說，光用眼神詢問我，但是他的意思是表達得再清楚不過了。

我的頭從上往下點了點。

他狀似憐憫地搖了搖頭，彷彿眼前的人是個瘋子。

我做了一個更肯定的動作。

他的雙眼登時精光灼灼，手抓得更緊了。

在這種情況下，哪怕是最無動於衷的觀眾，都能讓這場啞然的對話勾起興趣來。我壓根不敢吭聲，我好怕叔叔一興高采烈起來，會把我勒死在他懷裡。但是他愈來愈急迫，我不回答不行。

「對，這把鑰匙！……碰巧！……」

「你在說什麼？」他大叫道，此刻他的情緒難以描述。

「拿去，」我把我寫了字的紙拿給他看，「讀讀看。」

「但是沒有意義啊！」他捏皺那張紙，答道。

「從頭開始讀是沒有意思，不過從後面開始的話——」

我話還沒說完，教授就大吼一聲，嚴格說不是吼叫，是足以撼動天地的咆哮！他的腦袋豁然貫通，臉色立變。

「啊！薩克努森你這鬼靈精！」他高喊，「所以你一開始就把句子倒著寫了嗎？」叔叔急巴巴撲向那張紙，雙眼迷濛，嗓音哽咽，他從最後一個字母往前推至第一個，讀完整個句子。

內容如下：

In Sneffels Yoculis craterem kem delibat umbra Scartaris Julii intra calendas descende, audas viator, et terrestre centrum attinges. Kod feci. Arne Saknussem.

這幾句拙劣的拉丁文可以被翻譯爲：

膽大的旅人啊，
斯卡塔里斯之影在七月初一前

輕撫斯奈佛斯優庫爾的火山口，
走下這個火山口，
你將能抵達地心。我已完成此旅。
亞恩・薩克努森

叔叔一讀到這裡，彷彿意外觸碰到萊頓瓶[1]，跳了起來。他一身的膽氣、喜悅和信念都讓他神色煥發。他來回踱步，抱頭，移動椅子，把書疊一疊，還拋扔起他那些珍貴的晶石，簡直令人不敢相信。他朝這邊搥一下，往那邊拍一下。最後，他的神經鎮靜下來，彷彿過度的精力消耗而形疲神困，落坐在他的扶手椅裡。

「現在幾點了？」他在沉默了一段時間之後問道。

「三點。」我回答。

「哎呀！我的午餐消化得眞快。我餓死了。先開飯，然後……」

「然後？」

1萊頓瓶（Leyden jar）是一種儲存靜電的器械。

「你來幫我整理行李。」

「什麼！」我驚呼。

「還有你自己的！」鐵面教授回答，同時走進餐廳。

6

聽完這些話，一陣顫慄猛地竄遍我的全身。不過我強作鎮靜，甚至決定裝出欣然自喜的樣子。現在只有科學論據能阻止李登布洛克教授，而反對這種旅行可能性的優秀論證多的是。去地心！什麼鬼點子！我把辯證能力保留到適當時機，先專心用餐的事要緊。

沒有必要轉述叔叔在看見空蕩蕩的餐桌時，爆了什麼粗口。叔叔聽完了解釋，瑪特便重獲自由，前往市集。她施展拿手絕活，一小時後我的飢火就被撲滅了，可以專心應付眼下的情況。

用餐期間，叔叔幾乎是雀躍般，還不由自主開了幾個學者間那種無傷大雅的玩笑。吃完甜點以後，他示意我隨他進書房。

我依言行事。他坐在書桌的一端，我在另一端。

「艾克賽，」他的嗓音頗爲溫柔，「你是個很伶俐的孩子，你在我疲於頑抗，快要放棄思考的時候，幫了我一個大忙。否則我會迷失到哪裡去呢？沒有人知道！我永遠不會忘記，我的孩子。我們即將取得的榮耀，也會有你的一份。」

「來吧！」我暗忖，「他現在心情正好，該來談一談這份榮耀了。」

「首先，」叔叔繼續說道，「我要囑咐你保守這個機密，聽見沒有？在這個學者圈裡面，不乏嫉妒我的人，很多人會想要走這一趟，他們只有在我們回來以後才能知道這件事。」

「您眞相信，」我說，「會有那麼多膽大之人嗎？」

「那當然！能贏得這樣的聲譽，誰會猶豫？如果公開這份文件，會有一整支地質學家軍隊趕著追蹤薩克努森的足跡！」

「我可不這麼確信，叔叔，因爲沒有證據能證明這份文件的眞實性。」

「怎麼會？我們是在書裡面發現的！」

「對！我同意這幾行字是薩克努森寫下來的，但是他眞的完成這趟旅行了嗎？這張古老的羊皮紙難道不會只是他賣弄的一個玄虛嗎？」

最後一句話有點太莽撞，我幾乎後悔說出口。教授的濃眉皺了起來，我怕自己弄僵了接下來的對話。幸好沒事。我那位嚴厲的說話對象嘴唇勾勒出某種笑意，答道：

「我們到時候就知道了。」

「啊！」我有點被激怒了，「關於這份文件，我有一連串的異議，請允許我一吐爲快。」

「說吧，孩子，不必拘束。我讓你暢所欲言。你不再是我的姪兒，而是我的同事。就這樣，說吧。」

「好，首先我想問您，『優庫爾』、『斯奈佛斯』和『斯卡塔里斯』是什麼意思？我從來沒聽說過。」

「那還不簡單？我之前正好收到我在萊比錫的朋友奧古斯都·皮特曼送來的一張地圖，它來得太是時候了。去把大書架第二排第四格Z行的第三張地圖拿給我。」

我站起來。多虧這些精確的指示，我很快就找到教授要的那張地圖。叔叔攤開地圖，說：

「這是韓德生繪製，最好的冰島地圖之一，我想它會爲我們解答你的所有難題。」

我俯身在地圖上。

「你看看這座由火山組成的島，」教授說，「注意這些火山都叫『優庫爾』。這個字在冰島文裡面是『冰川』的意思。冰島位在高緯度，大部分的火山爆發都是從冰層裡擠出來的，因此島上的每座火山都叫『優庫爾』。」

「好吧，」我答道，「但是『斯奈佛斯』是什麼？」

我期待這個問題沒有解答。我錯了，叔叔接話道：

「跟著我到冰島的西岸。你看到首都雷克雅維克了嗎？有？好。現在循著那些被大海侵蝕的無數峽灣往上，停在緯度六十五度下面一點的地方。你看到什麼？」

我俯身在地圖上

「一種類似小型半島的東西，尾端像一根巨大的膝蓋骨。」
「你的比喻很正確，孩子。現在，你在這根膝蓋骨上看見什麼沒有？」
「有，一座像從海裡長出來的山。」
「對！那就是『斯奈佛斯』。」
「斯奈佛斯？」
「它是一座高一千四百多公尺的山，冰島最引人矚目的火山之一[1]；如果它的火山口眞的直達世界中心的話，那它肯定也是全世界最有名的一座。」
「但這不可能呀！」我聳肩喊道，反對這種假設。
「不可能？」教授以嚴厲的口吻問道。「爲什麼不可能？」
「因爲這個火山口當然都被熔岩、滾燙的岩石塞住了，然後——」
「如果是死火山呢？」
「死火山？」
「對。地表上現存的活火山約有三百座，但是死火山更多。斯奈佛斯屬於後者，而且

1 斯奈佛斯（Sneffels）指的就是冰島的著名火山斯奈山（Snafellsjokull）。

自從遠古開始就只出現過一二一九年那一次爆發。從那個時候開始，它就漸漸安靜下來，不再屬於活火山了。」

聽到這些正面的肯定回答，我一時答不上話，只好退一步轉往文件裡面其他的疑點。

「『斯卡塔里斯』是什麼意思？」我問道，「又怎麼會扯到七月初一？」

叔叔花了一點工夫思考。我心中燃起了希望，但是一閃即逝，因為他很快就對我作出回應：

「你稱為黑暗的東西，對我而言是光明。它證明了薩克努森用盡心機，想要具體明說他的發現。斯奈佛斯擁有許多火山口，所以他有必要指出哪一個可以通往地心。這位冰島學者怎麼做呢？他注意到接近七月初一，也就是六月底最後那幾天，斯奈佛斯的某一峰——斯卡塔里斯峰——會把影子投射到該火山口，於是把這個事實記入他的祕密文件裡。還有比這個更精確的指示嗎？等我們到達斯奈佛斯的山頂，還會猶豫該走哪一條路嗎？」

叔叔果真回答了我每個問題。我很清楚老羊皮紙上的文字是難不倒他的，於是我不再針對這個主題追問他，但我無論如何都必須說服他，所以我把話鋒轉到有科學根據的異議上，我覺得這些問題更加嚴重。

「好吧，」我說，「我不得不同意薩克努森的句子語意很清楚，沒有任何疑點。我甚至同意這份文件看起來是真的。這位學者去過斯奈佛斯內部，看見斯卡塔里斯峰的影子在七月初一之前掠過火山口緣，他甚至從他那個時代的傳說裡聽聞這個火山口可以通到地心；但是說他自己辦到了，說他跑了這一趟然後活著回來——如果他真的去了的話，不，我要說一百次的不相信！」

「你的理由是什麼？」叔叔用格外嘲弄的語氣問道。

「每個科學理論都證明這種事根本不可行！」

「每個理論都這麼說？」教授裝出好好先生的樣子。「啊！這些理論真是討厭鬼！還要繼續礙我們的事多久啊！」

我看見他在取笑我，但是我仍然繼續說：

「對！誰都知道每深入地表下三十公尺，氣溫就會升高大約一度。我們姑且認定這個比例不會變，地球半徑有六千多公里，地心的溫度高達兩百萬度，因此地球內部的物質全都處在熾熱氣體的狀態，因為金屬、黃金、白金、最堅硬的岩石都抵抗不了這種熱度。所以我理所當然會質疑進入這類空間的可能性！」

「這麼說，艾克賽，困擾你的是高溫囉？」

「那當然。就算我們能深入地底哪怕只有四公里，也只是來到地殼的極限，而氣溫已經超過一千三百度了。」

「所以你怕會被熔化？」

「這問題留給您判斷。」我悶悶不樂答道。

「我的判斷是這樣的，」李登布洛克教授神氣活現地回答，「無論是你還是任何人，都不能確定地心裡面會是什麼狀況，因爲我們僅僅認識它半徑的千分之十二而已。科學日新月異，每一個理論都是不斷地讓新理論推翻的。一直到傅里葉[2]之前，我們不都相信太空的溫度會遞減嗎？可是我們今天不是知道太空裡最冷的那些區域不會低於零下四十或五十度嗎？爲什麼地心的溫度不會如此呢？也有可能氣溫到了某個深度會就此打住，而不是持續升高到連最耐熱的金屬都能熔化啊？」

叔叔把問題放在假設的領域上，我無話可答。

「我就來告訴你，有一些貨眞價實的學者，特別是泊松[3]，都證明了地球內部如果有二百萬度的高溫，因高熱熔解的地底物質所出現的熾熱氣體，就會產生一股大到地殼無法承受的彈力，然後地球就會像充滿高溫蒸氣的鍋爐那樣爆炸開來。」

「那只是泊松的看法而已，叔叔。」

「是沒錯，但其他傑出的地質學家也同意地球內部既不是由氣體也不是水所組成，

2 喬瑟夫・傅里葉（Joseph Fourier，1768-1830）是法國著名數學家及物理學家。。

3 泊松（Simeon-Denis Poisson，1781-1840）是法國數學家及物理學家。

也不是我們今日所知最重的岩石，因爲如果是這樣的話，那地球將會比現在輕兩倍。」

「噢！只要有數字，我們想證明什麼都可以！」

「如果我給你事實，你還會這樣想嗎，孩子？火山的數目自從遠古以來大幅減少，這不是千眞萬確之事？那麼，如果地心眞有那麼熱，我們難道不能推斷出它正逐漸降溫嗎？」

「叔叔，如果您要這樣一味假設下去，我們就沒什麼好說的了。」

「可是我有話要說。我的看法跟一些能人的看法不謀而同。你還記得英國著名化學家達維一八二五年來拜訪我那次嗎？」

「不記得，因爲我十九年後才出生。」

「這樣啊。亨佛萊・達維路過漢堡時來找我。我們討論了很久，在這些議題當中，包括了地球內部的地核是液態的假設。我們兩人都同意地球內部不會是液態，而我們根據的理由，科學從未找到反駁。」

「是什麼理由？」我有些驚訝地問。

「那就是液體會像海洋一樣受月球吸引，因此地球內部每天會產生兩次潮汐，而潮汐會掀起地殼，引發週期性地震！」

「但是地表本來就燃燒過了啊，外殼很有可能先冷卻，這時熱氣才遁入地心。」

「你錯了，」叔叔答道，「整個地球是因爲地表燃燒才熱起來的，不是其他理由。地球表面是由許許多多的金屬組成，像是鉀和鈉，這類金屬有一接觸空氣和水就會燃燒的特性。當大氣中的水蒸氣快速變化成雨水降落地面的時候，這些金屬就會燃燒，而當水漸漸滲入地殼裂縫，會釀成爆炸和火山噴發。這就是地球形成初期會有那麼多火山的原因。」

「多聰明的假設！」我有些情不自禁地驚喊。

「這是達維在這裡靠一個簡單的實驗讓我注意到的。他主要用我剛才提及的金屬做了一顆金屬球，代表我們的地球。我們滴了一小滴水在它表面上，表面立刻就腫起來，氧化，形成一座小山。山頂開了一個裂口，然後爆發了，同時將熱氣傳導到整顆球去，燙到我們沒辦法再用手捧著。」

老實說，教授的話開始動搖我了。他一貫的熱情與幹勁讓這些理據加倍精彩動人。

「你看著吧，艾克賽，」他補充，「地核的狀態在地質學家之間，掀起了各式各樣的假設。地熱說沒有什麼明證，而照我的看法，根本沒這回事，不可能。我們到時候就知道了，而且會像薩克努森一樣，搞清楚是怎麼一回事。」

「對！」我的興致也來了，「對，我們會搞清楚的，前提是我們看得見東西的話。」

「爲什麼看不見呢？我們不能仰賴放電現象來照亮我們嗎？甚至是大氣啊，它的氣壓不能在我們逐漸接近地心的時候，讓大氣發光嗎？」

「可以，」我說，「對！畢竟這是可能的。」

「是一定可以，」叔叔得意地回答，「不過別聲張，聽見沒有？這一切都得祕而不宣，這樣才不會有人先我們一步發現地心。」

7

這麼值得紀念的一幕就這麼結束了。這場對話令我血脈賁張。我恍恍惚惚地步出叔叔的書房，但是漢堡街上的空氣不足，無法讓我打起精神，於是我走到易北河畔有蒸汽船的那一側。蒸汽船來往於城市與火車站之間。

適才得知的事說服了我嗎？我沒有受到李登布洛克教授的控制嗎？我應該認眞看待他要去地心的決心嗎？我剛才聽到的內容，是瘋子的顚狂思維，抑或曠世天才的邏輯推理？無論如何，事實在哪裡止步，錯誤又從哪裡開始？

我在千百個相互矛盾的假設之間躊躇，卻無能抓牢任何一個。

然而，我記得自己曾經被說服，雖然我的滿腔熱血開始降溫，卻希望立即動身，別再花時間思考了。是的，此刻的我並不乏扣上皮箱的勇氣。

可是我必須承認，一個小時以後，我高昂的志氣滑至谷底。我的神經放鬆了，我從地球的深淵爬上地表來。

「眞荒謬！」我喊道，「實在太胡來了！怎麼可以隨隨便便跟一位明理的年輕人提出這種提議？這一切都沒發生過。一定是我沒睡好，做了一場噩夢。」

我走到易北河畔

我沿著易北河岸，繞過市區。走上港口之後，一個預感引領我來到通往阿爾托納的車馬大道上。我這個預感果然應驗了，因爲我立即發現我的小歌洛白踩著輕快的步伐，正熟門熟路地回到漢堡。

「歌洛白！」我大老遠呼叫她。

年輕女郎停下腳步。我想像她聽見有人在大馬路上這樣喊她的名字，感到有點困惑。我走了十步就來到她身邊。

「艾克賽！」她驚訝地說。「啊！你是來接我的啊！難怪你會在這裡，先生。」

但是歌洛白看著我，沒有漏掉我那副憂心忡忡、六神無主的模樣。

「你怎麼了？」她朝我伸出手來，問道。

「我怎麼了？」我高喊。

我才用了兩秒外加三句話，我的維爾蘭佳人就得知整件事的始末了。她保持沉默好半天。她的心跳得跟我的一樣快嗎？我不知道，但是她被我牽著的手卻不顫抖。我們不言不語，走了數百步。

「艾克賽！」她終於說話了。

「親愛的歌洛白！」

「這趟旅行一定很別致有趣。」

我聞言跳了起來。

「是的，艾克賽，你身為學者的姪兒，這樣的旅行不正好匹配你的身分嗎？一個人能做件轟轟烈烈的大事來領先群倫，這是好事啊！」

「什麼！你不勸我放棄參與探險嗎，歌洛白？」

「不，親愛的艾克賽，若不是一個可憐的女孩會給你叔叔和你帶來麻煩，我會很樂意陪你們一塊去的。」

「你是說眞的嗎？」

「眞的。」

啊！女人！無論老少，女人心總是難以捉摸！你們不是最嬌羞就是最勇敢的生物！理性和你們就有如井水與河水，互不相干。什麼？這丫頭竟然鼓勵我去探險！她自己還不怕親身試險。我明明是她的心上人，她還遊說我去！

我張皇失措，而且實不相瞞，我根本自慚形穢啊我。

「歌洛白，」我說，「讓我們看看你明天是不是還會說一樣的話。」

「明天，親愛的艾克賽，我還是會跟今天說一樣的話。」

歌洛白和我手牽著手，但是默然無聲，繼續走我們的路，我情緒激動了一整天，現在心力交瘁。

「畢竟，」我心想，「現在離七月初一還早得很，這段期間會發生很多事，應該能治好叔叔想去地底下遊歷的狂想。」

我們抵達國王街上的家時，夜色已經落下。我本來預期回到一個靜悄悄的家中，按照習慣，叔叔已經就寢，瑪特手持雞毛撢子，就快清理完餐廳了。

但是我沒有料到教授會這麼急。我發現他在一大群正在走道上卸下貨物的挑夫中間，吆三喝四，忙得不可開交。年老的女僕在一旁不知所措。

「過來啊，艾克賽。動作快一點，你這該死的小子！」叔叔大老遠看見我，朝著我喊，「你的行李還沒準備好，我的文件也都還沒人整理，我旅行袋的鑰匙不曉得跑哪兒去，護腿套又都還沒送到！」

我愣怔原地，發不出聲音。我好不容易才擠出這句話：

「我們真的要走了？」

「對，你這該死的小子，竟然去散步，而不是待在這兒！」

「我們要走了？」我又用虛弱的聲音問了一遍。

「對，後天一大早。」

我聽不下去了，逃進我的小房間裡。

再也無可懷疑了，叔叔剛剛花了整個下午取得旅行所必需的部分物品和器具。走道堆

我發現叔叔在吆三喝四，忙得不可開交。

滿了繩梯、繩結、火把、水壺、鐵釘、十字鎬、包鐵的棍子、鶴嘴鋤……至少十個人才背得動的東西。

我過了恐怖的一夜。次日一大清早，我聽見有人在叫我。我決定不要開門，可是我哪有辦法抵抗說這話的溫柔嗓音呢？

「親愛的艾克賽？」

我走出房間。我以爲我這一副因爲徹夜未眠而臉色蒼白、兩眼充血的委靡模樣，會對歌洛白發揮效果，讓她改變心意。

「啊，親愛的艾克賽，」她對我說，「看來你精神好多了，睡了一覺讓你鎮靜下來了。」

「鎮靜！」我喊道。

我匆匆跑到鏡子前面。沒錯，我的臉色沒有我猜想的那麼差。簡直難以相信！

「艾克賽，」歌洛白告訴我，「我跟監護人談了很久。他是個膽大包天的學者，無所畏懼的勇者，你要記得你的血管裡流著他的血。他告訴我他的計畫、期望、理由，還有打算怎麼達成目標。他會辦到的，這我不懷疑。啊，親愛的艾克賽，能這樣爲科學奉獻多美好啊！等待李登布洛克先生的又是何等光榮！他的旅伴也會跟著受惠哪！艾克賽，等你回來的時候，你就是個大男人了，跟他平起平坐，能自由發言，自由行動，還終於能……」

歌洛白臉紅過耳，沒有把話說完。她的話使我士氣大振，可是我仍舊不願相信我們出發在即。我拉著歌洛白到教授的書房去。

「叔叔，」我說，「眞的決定要出發了？」

「怎麼，你還懷疑啊？」

「不是，」我不想惹他不高興，「我只是想問你爲什麼這麼倉促。」

「當然是時間啊！歲月不待人哪！」

「可是今天才不過五月二十六日，離六月底——」

「欸！你這個傻小子，你以爲去冰島這麼容易嗎？要不是你昨晚像瘋子般的離開，就會跟我去到李芬德公司在哥本哈根的辦事處，就會知道從哥本哈根到雷克雅維克只有一班船。」

「所以呢？」

「所以，如果我們等到六月二十二日，我們就會去得太晚，看不見斯卡塔里斯峰的影子拂過斯奈佛斯的火山口了！所以必須盡快趕到哥本哈根去找前往冰島的交通方式。快點去整理行李！」

我無話可說。我上樓回到房間，歌洛白跟著我。她幫我把旅行用品收拾進一只小行李箱內。她從容不迫，彷彿我只是去呂貝克[1]或黑爾戈蘭島[2]散個步而已。她的小手不慌不忙地來來回回。她說話時神色自若，爲我們這趟旅行提出最正當的理由來開導我。她迷惑我，但同時我又氣她氣得要命。我有好幾次想動怒，但是她都沒留心，繼續有條有理地幫我收拾。

終於，行李箱的最後一條皮帶扣上了。我走了下樓。

這一整天，科學儀器、武器、電器的供應商人數又多了起來。瑪特已經失魂落魄了。

「先生瘋了嗎？」她問我。

我做了肯定的動作。

「他也要帶您一塊去嗎？」

同樣的動作。

「去哪兒呢？」她問。

我用手指頭往地心一指。

「地窖？」老女僕失聲喊道。

1呂貝克（Lubeck）位於德國北部波羅的海沿岸，曾是漢薩同盟的城市之一。

2黑爾戈蘭島（Heligoland）是北海上的小型群島，隸屬於德國。

「不是，」我最後說，「再更底下！」

夜幕低垂。我已經不曉得過了多少時間。

「明天早上，」叔叔說，「我們六點整出發。」

晚上十點，我像一塊石頭，落在我的床上。

恐懼又回來占領了我一整個晚上。

我整夜都夢到深淵巨壑！我陷入昏狂。我感到教授健壯的手把我抓得死緊，生拉硬拽！我以自由落體的加速度，墜落深不見底的懸崖。我的生命只是一場永不停歇的墜落。

我在五點鐘醒來，因爲一夜的覆去翻來，轉側不安而全身乏力。我下樓到餐廳去，叔叔已經就座，忙著狼吞虎嚥。我心懷恐懼地看著他，但是歌洛白在場，我不便多說什麼。只是食不下嚥。

五點半，車行聲從街上傳來。一輛大馬車轆轆抵達，準備載我們到阿爾托納火車站。不多久，車子裡就堆滿了叔叔的行李。

「你的皮箱呢？」他問我。

「打包好了。」我用虛弱的聲音回答。

「那就快點去拿下來呀，不然你要害我們趕不上火車了！」

繼續和命運之神對抗，眼看是不可能了。我上樓回房間，然後放任行李滑落階梯，我跟在後面跑。

此刻叔叔鄭重地將他家的「韁繩」交到歌洛白手上，我的維爾蘭佳人維持一貫的冷靜。她親吻她的監護人，但她的柔軟雙唇輕拂過我的面頰時，卻無法忍住淚珠。

「歌洛白！」我吶喊。

「去吧，親愛的艾克賽，去吧，」她對我說，「此番你離開未婚妻身邊，等回來時，她就是你的妻子了。」

我把歌洛白擁進懷裡，然後坐上馬車。瑪特和她站在門口，和我們做最後的道別。接著，車伕一聲呼哨，兩匹馬便往阿爾托納奔馳而去。

瑪特和歌洛白向我們做最後的告別

8

阿爾托納位在漢堡郊區，是帶我們前往貝爾特海岸的基爾鐵路線的起站。二十分鐘不到，我們就進入霍爾斯坦地區。

六點半，馬車停在車站前。叔叔眾多體積巨大的旅行用品被卸下、運送、秤重、貼標籤、再裝上行李車。到了七點，我們就面對面坐在同一個車室裡。火車頭嗚嗚鳴笛，開始移動。我們出發了。

我屈服了嗎？還沒。然而早晨的新鮮空氣、一路上因火車疾駛而迅速翻新的種種風光，都爲我排憂遣懷了。

至於教授的思緒，很顯然跑在這輛對急躁的他而言開得過慢的列車前面。我們是這節車廂裡唯一的乘客，卻相對無言。叔叔很仔細地重複查看他的口袋和旅行袋。我清楚看見實行他計畫所需的必要文件，無一不齊備。

在所有文件當中，有一張仔仔細細折起來的紙，印有丹麥大使館的箋頭，上面有克里斯汀森先生的簽名，他是漢堡的領事也是教授的朋友。到了丹麥，這張紙可以方便我們取得給冰島總督的介紹函。

我還看到那張神祕文件被珍而重之地塞在皮夾最隱密的夾層裡。我先衷心詛咒它一遍，再觀覽起這地方的風景。窗外那連綿無盡的廣袤原野平淡無奇，單調乏味，淤泥遍地卻頗爲肥沃，非常適合鋪設鐵路公司最鍾愛的直線鐵路。

但是我還來不及看膩這單調的風光，因爲距離我們出發三小時後，火車在基爾停站，大海僅在咫尺。

我們的行李直掛到哥本哈根，所以沒什麼需要照料的。但在行李被運上蒸汽船的整個過程中，教授都擔心地撥隻眼去注意。最後它們消失在貨艙底部。

叔叔這趟出門雖然倉促，卻早算準了火車和船之間的轉乘時間，我們有一整天的時間可以虛擲。蒸汽船「艾諾拉號」不到入夜是不開航的。整整九個小時內，叔叔這位暴躁易怒的旅客，叫蒸汽船和鐵路局的行政單位以及容忍這種惡習的政府，統統下地獄。在他拿這個話題纏著「艾諾拉號」船長追問時，我必須和他同仇敵愾。他想強迫船長別再耽誤時間，趕快出發。對方要他滾一邊納涼去。

在基爾，就像在其他地方一樣，一天總是要過的。我們只好一再漫步碧油油的海灣岸邊（盡頭就矗立著這座小城），在茂林（讓小城看起來宛如枝椏上的鳥巢）裡來回走上幾遍，再三欣賞每一棟擁有自己的冷水浴小屋的別墅，最後則是東奔西跑，怨聲載道，總算熬到晚上十點。

「艾諾拉號」的滾滾白煙在空中鋪展，甲板因爲鍋爐震動而抖動著。我們上了船，還是船上唯一房間裡的兩個上下臥舖的主人。

十點十五分，繫船的纜繩被鬆開了，蒸汽船飛快駛入大貝爾特海峽[1]幽暗的海水中。夜色如墨，風大浪高，海岸上有幾盞燈火在黑暗中出現。稍後，我不曉得何時，一座閃光燈塔在海浪上方熠熠閃亮。以上就是我對這第一次渡海的記憶。

早上七點，我們在西蘭島西岸的小城科瑟上岸。這回我們捨船改搭火車，它即將帶我們橫越一個和霍爾斯坦鄉間同樣平坦的地區。

抵達丹麥首都之前又是三小時的旅程。叔叔整夜都未闔眼。他如此猴急，我想他甚至想用腳去幫忙推火車。

最後他注意到一片海水。

「松德海峽[2]！」他大喊。

我們左邊有一座類似醫院，占地廣大的建築。

「那是瘋人院。」我們的旅伴之一說道。

1大貝爾特海峽（Great Belt）是丹麥西蘭島（Sjalland）和菲英島（Fyn）之間的一座海峽。
2松德海峽（Sund），即分隔丹麥西蘭島與瑞典南部斯科納省（Skane）的厄勒海峽（Oresund）。Sund就是丹麥語與瑞典語中的「海峽」。

「來得正好，」我心想，「我們下半輩子就是應該在那裡過！不過這醫院雖然大，卻仍容納不下李登布洛克教授的瘋狂！」

最後，到了早上十點，我們的腳在哥本哈根著地。行李被搬上馬車，和我們一起被載到位於布雷德街上的鳳凰旅店。這趟路費時半小時，因為火車站位於城外。接著，叔叔速戰速決完成盥洗，拽著我跟他走。旅店的門僮能操德語和英語，但教授是語言天才，用標準的丹麥語問話，門僮也回以丹麥語，為他指出北歐古物博物館的位置。

北歐古物博物館這座奇妙的機構有許許多多諸如古老石製武器、有蓋高腳杯和珠寶等，能讓人重建丹麥歷史的美妙古董。館長湯森教授是一名學者，也是駐漢堡的領事之友。

叔叔有一封熱誠的介紹函要交給他。學者之間通常自相水火，但這裡卻完全不是那麼一回事。湯森先生為人熱心，盛情接待李登布洛克先生及他的姪兒。不用多說，我們當然也對優秀的博物館館長保守了祕密。我們只是沒有私心的遊客，來冰島觀光的。

湯森先生傾力相助，陪我們跑遍每個碼頭，只為找到一艘啟航在即的船隻。

我期待完全找不到船，可是事與願違。一艘小型丹麥雙桅縱帆船「瓦爾基麗號」會在六月二日張帆啟航至雷克雅維克。船長畢雅恩先生正在船上。他那位喜不自勝的未來乘客和他握手的時候，差點捏碎他的手。如此有勁的握力讓這位客氣的先生稍感吃驚，他覺得去冰島只是件稀鬆平常的事，畢竟那是他的工作，叔叔卻覺得非凡無比。於是這位正直的船長把握叔叔高昂的興致，讓我們付了雙倍的船資。但我們不以爲意。

「星期二，早上七點上船，」畢雅恩先生在把一大筆錢收進口袋後說道。

我們謝過湯森先生他的關照，回到鳳凰旅店。

「進行得很順利！非常順利！」叔叔再三說著。「竟然剛好找到一艘準備出海的船，我眞是太開心了！現在吃飯去吧，然後到城裡走一走。」

我們走到新國王廣場。這座形狀不規則的廣場上停放著兩尊嚇不跑人的無辜大砲。離廣場很近的五號有一家法式餐館，店主是一位名叫萬森的廚師，我們只付了一人四馬克這樣公道的價格，就在那裡飽餐了一頓。

接著我童心大發，在城裡四處溜達，叔叔由著我帶路，只是他根本無心賞玩。無論是不值一看的皇宮，還是博物館前那座興建於十七世紀、橫跨運河的富麗大橋，又或是托瓦爾森[3]廣闊的衣冠塚，塚內的裝飾壁畫雖然可怕，卻有這位雕刻家的作品，他都不屑一顧。他不理會座落秀美公園內小巧雅致的羅森堡城堡，不看證券交易所這棟令人讚賞的文藝復興建築，無視它鐘樓上那四隻龍尾交纏的青銅龍雕像，更漠視城牆上的大風車，其寬

---

3 托瓦爾森（Bertel Thorvaldsen，1770-1844）是著名的丹麥雕刻家。

廣的葉扇宛如海風吹送下的船帆，鼓脹起來。

如果能和我的維爾蘭佳人一起散步，該有多甜蜜啊！港口裡的雙層甲板船和巡防艦安詳地在紅色屋頂下沉睡，海峽岸邊綠樹成蔭，這茂密林間就藏著碉堡，碉堡裡的大砲從接骨木和柳樹的枝椏間伸出它們黑洞洞的嘴。

只是她遠在他方，唉！我可憐的歌洛白，我還能期望再見她一面嗎？

儘管叔叔完全不注意這些惑人景點，但他也在看到某座位在哥本哈根西南方的阿瑪克島上的鐘樓時，深受震撼。

我收到命令，腳步轉往那個方向。我登上一艘來往於各運河間的蒸汽小艇，要不了多久，它就在造船廠碼頭靠岸。

在來到救主堂[4]之前，我們先穿梭過幾條狹窄的街道，看見一些身穿黃灰條紋長褲的苦役犯在獄吏的棍子下幹活。這座教堂沒有什麼看頭，但是它頗爲高聳的鐘樓吸引了教授的注意力，因爲從頂樓平臺開始，一道露天樓梯繞著尖塔盤旋，直上雲霄。

「我們上去吧，」叔叔說。

4救主堂（Vor Frelsers Kirk）是一座巴洛克式教堂，其特色就是形似鑽子的螺旋鐘樓，是哥本哈根的著名景點之一。

教主堂

「可是我會頭暈，」我說。

「又多了一個上去的理由，你得習慣才行。」

「可是……」

「我叫你來就來，別浪費時間了。」

我不得不服從。守衛住在對街，交給我們一把鑰匙，然後我們開始走上樓。

叔叔踏著機警的步伐一馬當先，我跟著他，一路膽戰心驚，因爲我很容易頭暈。我既沒有老鷹的平衡感，也不如牠們那般無畏。

我們走在室內的螺旋式樓梯時，一切都很順利，但是走完一百五十級之後，清風撲面而來：我們來到鐘樓的平臺了。只靠一道脆弱欄杆防護的空中樓梯從這裡開始，階梯漸走漸窄，彷彿愈高愈無所終。

「我一定辦不到！」我吶喊。

「你不會想當個膽小鬼吧？上去！」教授無情地回答。

不跟著他不行，我緊緊扣住扶手。戶外強風吹得我頭昏腦脹，我感到鐘樓迎風搖晃，我的雙腿發軟，不久就得跪爬了，到了最後我根本是匍伏前進。我閉上眼睛，感覺患了太空病。

最後，叔叔拉住我的衣領，我來到塔頂圓球附近。

「你看，」他對我說，「好好看清楚！你得學一學什麼叫鳥瞰！」

我睜開眼睛，看見一棟棟在煙霧中有如被摔扁的房屋。蓬亂的雲朵從我頭頂上方飄過，因爲倒著看的關係，我覺得它們好像靜止不動，反而是鐘樓、圓球和我，我們都被一把令人驚異的速度拖著轉。遠處，一邊是綠野綿延，另一邊是日光下粼粼生輝的大海。松德海峽一直延伸到赫爾辛格[5]的一角，海上白帆點點，激似海鷗的翅膀，而在東方薄霧中顫動起伏的，是瑞典幾乎朦朧的海岸線。這片壯闊的景觀在我的眼前打旋。

然而我必須站起來，挺直身體，好好看著。我對抗懼高症的第一課持續了一個鐘頭。等教授終於允許我下來，雙足觸及街道堅固的鋪石地面時，我已渾身痠痛。

「我們明天再來，」教授說。

沒錯，整整五天，我一再重複這個令人暈眩的練習，而且不論我願不願意，我在「居高臨下」這門藝術方面，頗有進境。

5 赫爾辛格（Helsingor）是丹麥西蘭島上的城市，與瑞典的赫爾辛堡（Helsingborg）隔著厄勒海峽相望。

9

出發的日子到了。前一晚，體貼入微的湯森先生爲我們帶來幾封懇切的介紹函，到時候要交給冰島總督特倫普伯爵、助理主教皮耶特爾森先生和雷克雅維克市長芬森先生。叔叔熱情有勁地握他的手以示感激。

二日早上六點，我們的寶貝行李被送上「瓦爾基麗號」。船長帶我們到位在船尾的甲板室下方的艙房去，房間雖小但是很整齊。

「風向還行吧？」叔叔問。

「好極了，」畢雅恩船長答道，「吹的是東南風。我們會揚起滿帆，乘順風離開松德海峽。」

片刻後，我們這艘雙桅縱帆船張起前桅帆、後縱帆、上桅帆、頂桅帆，離開碼頭，滿帆駛入海峽。一個小時後，丹麥首都彷彿隱沒在遠處的波濤中，「瓦爾基麗號」貼著赫爾辛格海岸走。我現在心情很緊張，期待看見哈姆雷特的幽靈在這傳奇的平臺上遊蕩[1]。

1赫爾辛格的克龍堡（Krongborg Slot）是莎士比亞名劇《哈姆雷特》的舞台。

「尊貴的狂人如你！」我說，「一定會贊同我們的吧！說不定你還會跟隨我們到地心去尋找你那個永恆疑問的解答！」

但是那些古老的長牆上，連半隻鬼影都沒有，而且這座城堡的年紀比那位傳奇的丹麥王子還要年輕許多。它現在是松德海峽看守人的輝煌居所，每年有來自各國的一萬五千艘船經過松德海峽。

克龍堡還有矗立在瑞典海岸上的赫爾辛堡高塔，很快就隱匿在薄霧中，我們這艘雙桅縱帆船在卡特加特海峽的微風吹拂下微微傾斜著。

「瓦爾基麗號」是一艘很靈活的帆船，但是帆船是最拿不準的交通工具。它載運煤炭、清潔用具、陶器、羊毛衣和一船的小麥到雷克雅維克。船員有五人，清一色丹麥人，就足夠操作它。

「渡海需要多久時間？」叔叔問船長。

「十幾天吧，」船長答道，「如果法羅群島[2]附近沒有突然出現暴風雨的話。」

「若有的話，豈不是要延誤很久？」

「不會，李登布洛克先生，請冷靜下來，我們會到的。」

---

2 法羅群島（Faroerne）是丹麥的海外自治領地，恰好位於挪威與冰島中央。

向晚時分，我們的船繞過丹麥北角的斯卡恩岬，連夜駛過斯卡格拉克海峽，在林內斯岬附近沿著挪威末端航行，然後往北海駛去。

兩天後，我們看見彼得黑德[3]及其蘇格蘭海岸，接著「瓦爾基麗號」穿過奧克尼群島[4]和謝德蘭群島[5]之間，航向法羅群島。

我們的船很快就受到大西洋海浪的衝激，我們必須搶北風航行，千辛萬苦終於抵達法羅群島。六月三日，船長發現群島中位於最東邊的米格聶斯島，然後自此刻起，我們筆直航向位於冰島南岸的波特蘭岬。

這段海上之旅毫無波折。我還頗經得起大海的試煉，叔叔卻不斷病病歪歪，爲此他不只氣惱，更覺得羞恥。

所以他無法和畢雅恩船長討論斯奈佛斯、運輸工具、交通難易度，這些他只得等我們抵達才能問，並且整日躺在艙房裡，聽著艙房壁板因爲猛烈的前後顛簸吱呀作響。我得說他是咎由自取。

---

3 彼得黑德（Peterhead）是蘇格蘭的一座城市，位於蘇格蘭本土最東端。

4 奧克尼群島（Orkney）是蘇格蘭北部的群島。

5 謝德蘭群島（Shetland）是英國最北端的領土，距丹麥的法羅群島不到三百公里。

十一日，我們注意到波特蘭岬。萬里晴空下，俯臨波特蘭岬的米達爾斯優庫爾[6]之景，一覽無遺。波特蘭岬是一座孑立在海灘上的陡峭山崗。

「瓦爾基麗號」與海岸保持著適當的距離，同時往西邊縱傾，在成群的鯨魚和鯊魚之中航行。一塊鏤空的巨岩立時出現，帶浪沫的怒濤中穿而過。魏斯特曼群島彷彿破水而出，宛如液態平原上林立的岩石。從這一刻開始，雙桅縱帆船遠遠地繞過冰島西角的雷克亞內斯半島。

狂濤駭浪阻止叔叔登上甲板讚歎這些西南風吹襲下的破碎海岸。

四十八小時之後，我們離開一場強迫我們收起船帆航行的暴風雨，看見東方的斯卡恩岬尖端上的方位標，斯卡恩岬的危岩在海浪下面延伸了好長一段距離。

一位冰島船員上了船。三個小時後，我們在雷克雅維克前的法赫薩灣停泊。

教授終於步出艙房，有一點蒼白，有一點委靡，但是熱情依舊不減，眼裡淨是滿意之情。

城裡居民對一艘船的到來特別感興趣，因爲每個人都有東西要拿，群聚在碼頭。

叔叔急著逃離這座海上的牢獄——說是醫院也行。但是在離開甲板之前，他把我拉到

6米達爾斯優庫爾（Myrdalsjokull）是位於冰島最南端的冰川，意爲「沼澤谷地冰川」。

前面去，然後手指指著海灣的北邊部分：那裡有一座高山，它的兩個圓錐雙峰覆蓋著恆雪。

「斯奈佛斯！」他高聲喊著，「斯奈佛斯！」

接著打手勢叮囑我三緘其口後，他下船跳上另一艘等著他的小艇。我尾隨其後，頃刻間，我們的腳就踩上冰島的土地了。

一名身穿將軍服，和顏悅色的男人首先出現。但是特倫普男爵本人只不過是行政官員。教授認出他來，把丹麥來的介紹函交給他，然後用丹麥語短短應酬了幾句，我對這場對話的內容理所當然是迷惑不解。但是經過這初次的見面，我們知道特倫普男爵會盡全力幫忙李登布洛克教授。

市長芬森先生竭誠歡迎叔叔，他跟總督一樣穿著軍裝，但是於公於私都是和平份子。而助理主教皮耶特爾森先生目前正在北邊的轄區視察，暫時無法把我們介紹給他。但是提供我們最彌足珍貴的協助者，當屬弗里德克森先生這位丰度翩翩的男子，他是雷克雅維克一所學校的自然科學教授。這位謙遜的學者只說冰島語和拉丁語，他用賀拉斯[7]的語言從旁協助我，令我感到我們是天作之合。事實上，他是我客居冰島時唯一能交談的對象。

7賀拉斯（Horace）是古羅馬著名詩人、評論家。

這位優秀學者的房子有三間房間，他把兩間讓給我們使用。要不了多久，我們就和行李一起安頓下來，我們的行李多到令雷克雅維克居民頗覺驚訝。

「好啦，艾克賽，」叔叔對我說，「現在最困難的部分已經結束了。」

「怎麼會是最困難的？」我驚喊。

「當然是，現在我們只要往下走就行了！」

「您這麼說是沒錯，但是走下去之後，最後還是得爬上來吧，我猜？」

「噢！這我一點都不擔心！好啦！沒時間浪費了，我這就去圖書館。也許那裡有薩克努森的手稿，那我會很高興可以查一查。」

「那我趁這段時間去城裡觀光。您不一起來嗎？」

「噢！我沒什麼興趣。冰島這塊土地啊，奇妙的部分不在上面，而是下面。」

我走出門，信步而行。

要在雷克雅維克的兩條街上迷路還真不容易，所以我根本用不著問路。身體語言只會造成諸多誤解。

這座城市延伸在一塊地勢頗低，沼澤遍佈的土地上，位於兩座山丘之間。大片熔岩覆蓋其中一邊，朝大海緩緩遞降。遼闊的法赫薩灣在另一邊鋪展，「瓦爾基麗號」此刻就孤伶伶留在那裡，北邊則讓巨大的斯奈佛斯冰川阻擋了下來。平時會有英國和法國漁警停泊

雷克雅維克全景。

在外海，但是他們這會兒在冰島東岸一帶執行公務。

雷克雅維克的兩條街裡比較長的那一條與海岸平行，那些紅色梁木橫疊起來的簡陋小屋裡住著商販和批發商。另一條街方位偏西，奔往一座小湖，兩旁有主教和其他外國商人的居所夾徑。

沒多久我就踏遍這些陰沉又悲涼的小路，偶爾會瞧見一小塊褪色的草皮，宛如一條因爲經常使用而磨損的老舊羊毛地毯，或是某個疑似種有零星蔬菜的菜園，如馬鈴薯、甘藍菜和萵苣之類，都讓人感覺放在小人國的餐桌上恐怕比較適合。幾朵病懨懨的丁香也試著要吸收一點陽光的氣息。

我在非商業街的中間找到一座由土牆圈起來的公墓，裡頭空間寬敞。緊接著再跨出幾步，我就來到總督的家，這棟房子跟漢堡市政府相比顯得破落，但是和冰島市民的小屋一對照，就簡直像皇宮了。

新教風格的教堂矗立在小湖和城市之間，用自家火山採掘的石灰岩建造而成。教堂的紅瓦屋頂在西方強風的吹襲下，一定會被刮得紛飛四散，到時信徒就損失慘重了。

我在鄰近的高地上看見師範學校。稍後從東道主那邊得知，這所學校裡教授希伯來文、英文、法文和丹麥文。說來慚愧，我對這四種語言一竅不通。想來在全校四十名學生中敬陪末座，不配和他們一起睡在這些有雙隔間的壁櫥中，最嬌弱的只要睡一晚就會氣悶而死。

短短三個小時我就不只參觀完城市，還有鄰近地區。整體的景觀格外悲淒。幾乎沒有樹木，沒有花草，到處都是火山岩尖銳的岩脊。冰島人的小屋都是利用泥土和泥炭蓋成的，牆壁皆向內傾斜，宛如直接放在地上的屋頂。不過這些屋頂可都是相當肥沃的牧場，多虧房子裡散發出來的熱氣，青草株株茁長，而且居民會在草料收割期細心收割，否則家畜會來這些油綠的住家上頭吃草。

我一路上很少遇到居民。從商業街走回來的時候，我看見很多人忙著風乾、鹽漬和裝載鱈魚，這是島上的主要出口品。男人一個個看起來健壯如牛，但是樣貌粗拙，就像金髮碧眼的德國人，只是雙眼若有所思，彷彿覺得自己是局外人。他們就像一群可憐的流亡之徒，見棄在這塊苦寒陸地上，大自然迫使他們住在北極圈上，差一點就讓他們成了愛斯基摩人了！我企圖撞見他們含笑的臉，卻徒勞無功，他們偶爾會因爲肌肉不自覺的牽動而大笑一下，但是從來不微笑。

他們戴的帽子帽緣極寬，身上穿著粗製的黑色羊毛短夾克，這種全北歐國家都熟知的羊毛名爲「瓦德馬」，外加一條有紅色滾邊的長褲，以及皮革折製成的鞋子。

婦女神色悲傷，一副聽天知命的模樣，相貌還算悅目，只是面無表情，她們穿著緊身短上衣和深色的瓦德馬羊毛裙。少女的髮辮盤在頭上，戴著咖啡色的毛編小帽，已婚女子

雷克雅維克的一條街道。

包著彩色頭巾，頂上有白色平織布的裝飾。

等我在一趟愜意的散步後返回弗里德克森先生家中時，叔叔已經在那裡享受東道主的陪伴了。

10

晚餐已經準備好了，李登布洛克教授如飢虎撲食，一掃而光。在船上食欲不振的結果，把教授的胃餓成了無底洞。這頓丹麥式晚餐本身並無特出之處，但是我們的冰島主人令我聯想起古代好客的主人翁。讓我切實地感覺到我們在他家似乎比他自己還自在。

對話是以當地語言進行，叔叔夾雜德語，弗里德克森先生夾雜拉丁語，好讓我也聽得懂。我們的話題離不開科學，因爲適用於所有學者，但是教授在說及我們之後的計畫時，態度極端保留，還不斷打眼色囑咐我閉緊嘴巴。

首先，弗里德克森先生問起叔叔在圖書館裡找書的結果。

「你們的圖書館！」叔叔喊道，「書架上幾乎空盪盪的不說，書又都不齊全！」

「怎麼會？」弗里德克森先生應道，「我們擁有八千冊書籍，其中不乏珍貴罕見，以古老北歐語言寫就的作品，還有哥本哈根每年供應我們的新書啊！」

「哪裡來的八千冊？對我來說——」

「噢！李登布洛克先生，我們的書遍佈全國哪！我們這座古老的寒冰小島上的居民都很好學！沒有一位農夫或一位漁夫不識字不讀書的。我們認爲書本與其遠離好奇的眼光，待在鐵條後面霉爛，更應該在讀者的閱覽下磨損。所以這些書在人人手中傳遞翻閱，一讀再讀，通常只有在外借了一或兩年後才會回到書架上。」

「那這段時間，」叔叔有點氣惱，「外國人……」

「能怎麼辦呢？外國人自己的國家裡也有圖書館啊，而且重點是我們的農夫需要受教育。我再說一遍，冰島人流著好學的血液。此外，我們在一八一六年辦了一個興旺的文學協會，外國學者都為身為學會的一份子而感到光榮。我們出版過一些教育國民的書籍，幫了國家一個大忙。如果您想成為我們的通信會員，李登布洛克先生，我們會非常高興。」

叔叔已經隸屬於一百多個科學協會，仍是欣然接受，此舉感動了弗里德克森先生。

「現在，」他繼續說下去，「請告訴我您想在我們圖書館找什麼書，也許我可以告訴您它們的下落。」

我看著叔叔。這個問題直接涉及他的計畫，他猶豫著該如何回答。然而一番考慮之後，他決定坦白。

「弗里德克森先生，」他說，「我想知道在那些古籍當中，可有亞恩・薩克努森的作品？」

「亞恩・薩克努森！」雷克雅維克的教授喚道，「您指的是十六世紀那位學者，既是傑出的自然學家、出色的煉金術士又是偉大的旅行家嗎？」

「正是他。」

「冰島文學及科學的榮耀之一？」

「如您所說。」

「比誰都卓絕的偉人？」

「我同意您的看法。」

「智勇雙全的那一位？」

「我看您非常瞭解他。」

聽人這樣講到他的英雄，叔叔在喜悅中泅泳。他望著弗里德克森先生的眼神彷彿想一口把他吞下肚子。

「怎麼樣，有沒有他的作品？」叔叔問道。

「啊！我們沒有他的作品！」

「什麼？連冰島都沒有？」

「無論在冰島還是其他地方都沒有。」

「爲什麼？」

「因爲亞恩・薩克努森被視爲異端邪說，遭受迫害。一五七三年，他的著作就在哥本哈根讓劊子手燒光了。」

「太好了！好極好極！」叔叔這麼一叫，大大地震驚了自然科學教授。

「什麼？」後者驚問。

「對！這樣就解釋得通了，全部連貫起來，我都搞清楚了，薩克努森的作品被列爲禁物，他不得已只好藏起他了不起的發現。我知道他爲什麼必須把祕密藏在無法理解的密碼裡了……」

「什麼祕密？」弗里德克森先生迅速一問。

「呃……祕……」叔叔囁囁嚅嚅的。

「您不會擁有什麼特殊的文件吧？」東道主繼續問。

「沒有，我只是在假設。」

「好吧，」弗里德克森先生看叔叔一副窘迫的樣子，好心沒有再追問下去。「我希望，」他補充，「你們在汲盡島上所有礦物財富之前，不會離開我們？」

「那當然，」叔叔答道，「但是我來得有點晚。已經有學者來過了吧？」

「是的，李登布洛克先生。歐拉夫森和波維爾森奉丹麥國王之命來勘測過。托意爾也來做過研究，還有蓋瑪和侯貝兩人搭乘法國護衛艦『探索號』[1]前來考察。而最近有幾位

1原書註：一八三五年，杜培黑海軍上將（Amiral Duperre）派「探索號」去尋找一支下落不明的遠征隊：布洛斯維爾（Jules de Blosseville）和他的「里爾姑娘號」失蹤於北海。

學者搭乘巡邏艦『奧坦絲皇后號』過來，他們的觀測結果對認識冰島這塊土地的貢獻極其良多。但是，請相信我，值得研究的地方還有很多。」

「您這麼覺得嗎？」叔叔裝出一副好好先生的模樣問道，試圖收斂眼裡的神采。

「是的。有這麼多鮮爲人知的山、冰川、火山可以研究！對了，不用跑太遠啊，看看那座聳立在地平線的山。那是斯奈佛斯。」

「啊！」叔叔說，「斯奈佛斯啊！」

「對，它是最奇妙的火山之一，很少人去看過它的火山口。」

「死火山？」

「噢，有五百多年沒噴發囉！」

「那好！」叔叔答道，他發狂似地交叉雙腿，免得跳到半空中，「我打算研究冰島的地質，就從這座斯佛……佛斯……你們怎麼稱呼來著？」

「斯奈佛斯。」大善人弗里德克森先生替他接下去。

這部分的對話以拉丁語進行，所以我全都聽懂了，看見叔叔極力掩飾從四面八方溢出來的意滿自得，我幾乎也再裝不出正經。他擺出天眞無邪的模樣，看上去卻像老惡魔在扮鬼臉。

「對，」他說，「您的一番話讓我下定決心，我們會去爬看看這座斯奈佛斯，也許還會研究研究它的火山口呢！」

「眞遺憾，」弗里德克森先生回答，「若不是我的工作走不開，否則我會很樂意陪你們一塊去，肯定獲益良多。」

「噢不！噢不！」叔叔急著回答，「我們不想麻煩任何人，弗里德克森先生，我由衷感謝您。有像您這樣的學者在場一定非常有用，可是您的工作要緊……」

我很快樂地想著，像我們東道主那樣純眞的冰島人，是看不穿我叔叔的奸計的。

「李登布洛克先生，」他說，「我很贊同您從這座火山開始，您會滿載而歸，觀察到許多奇景的。但是，告訴我，您打算如何前往斯奈佛斯半島呢？」

「走海路，穿越海灣。這樣走最快。」

「確實最快，不過不可能。」

「爲什麼？」

「因爲雷克雅維克沒有船。」

「糟糕！」

「你們得沿著海岸走陸路。這樣花的時間會比較長，但是也比較有意思。」

「好，那我得替自己物色個嚮導了。」

「我正好有個人選可以推薦給您。」

「這個人牢靠、聰明嗎？」

「是的。他是斯奈佛斯半島的絨鴨獵人，非常機靈，您會滿意的。而且他的丹麥語說得很流利。」

「我什麼時候可以見到他？」

「您要的話，明天。」

「為什麼不今天呢？」

「因為他明天才會到。」

「那就明天吧，」叔叔嘆了一口氣。

這場重要的談話又再持續了片刻，然後以德國教授熱情感謝冰島教授作結。這頓晚餐剛剛讓叔叔了解到一些重要資訊，其中包括薩克努森的故事、那份祕密文件的緣由，還有我們的東道主不會陪他去地心探險，而且明天就會有一位嚮導供他差遣了。

11

晚上我到雷克雅維克的海岸邊打個轉，然後早早回我的大木板床上就寢，酣睡了一夜。

醒來的時候，聽見叔叔在隔壁房間滔滔不絕講話。我立刻起床，連忙過去加入他。他正操著丹麥語和一名高頭大馬、身材健美硬實的男子說話。這名魁偉的機警男子一定力大無窮。他的頭顱非常大，臉孔頗為率真，嵌入這顆頭裡的兩隻眼睛是夢幻的藍顏色，在我看來相當聰明。就算在英國也會被認為是紅色的長髮披掛在運動員般的寬肩上。這位當地人的身段柔軟，但是很難得擺動手臂，彷彿不懂得或是不屑比手劃腳。他的全身上下，一舉一動，都凸顯他沉著的性格。不是麻木冷血，是鎮靜。我們感覺他無欲無求，我行我素，就算天大地大的事都驚擾不了他的生活哲學。

從這位冰島人聆聽叔叔熱情的廢話的樣子看來，我補捉到他性格中一個微妙細節。他雙臂抱胸，在叔叔那愈來愈令人目不暇給的手勢之中，不動如山。要表示否定，他左右轉動他的頭，頷首則以示肯定，猶如蜻蜓點水，他的頭髮幾乎沒有動過，省力簡直省到吝嗇的地步了。

漢斯，一個嚴肅、冷漠、沉默的角色。

的確，看他那個樣子，怎麼也猜不到他是一名獵人。他肯定嚇不了獵物的，那他怎麼逮得到呢？

後來弗里德克森先生告訴我這位文靜的人只是「獵絨鴨的」，一切就都說得通了。這種鳥類的絨毛就叫做鴨絨，是島上最珍貴的寶藏，並不需要費勁捕捉。

母絨鴨這種漂亮的海鴨，會在夏初到「峽灣」[1]的岩石間築巢，讓整個海岸看起來像是鑲了邊。巢一築好，牠就拔起肚子上的細緻羽毛來鋪巢。獵人——或者該說商人——馬上過來取走鴨巢，母絨鴨再繼續拔，如此這般持續到牠只剩下幾根羽毛。等牠身上的毛全拔光了，就換公絨鴨上場，只是公絨鴨的羽毛粗硬，毫無商業價值，獵人不會費事去偷牠們這一窩子的家，於是絨鴨巢完成了，接著母絨鴨下蛋，孵出小鴨，然後下一年，鴨絨的採收從頭再來。

由於絨鴨並不選擇高峻的巨岩，反而挑延伸入海的平坦岩石來築巢，冰島獵人不用費什麼勁也能收集到鴨絨。可以算是既不必播種，也不用收割，只要採集就行了的農夫。

弗里德克森先生推薦的這個人嚴肅鎮定，沉默少言，名叫漢斯·畢耶可，是我們之後的嚮導。他的一舉一動跟我叔叔的相映成趣。

1原書註：北歐國家稱狹窄的海灣為fjord。

可是他們卻相處甚歡。沒有人議價，一個準備好要接受對方打算支付的價錢，另一個則是準備好接受對方開出的價錢。這世上還沒有哪一樁生意這麼容易就談成的。

協議的結果是漢斯保證帶我們到位在斯奈佛斯半島南岸的斯特皮，該鎮甚至就位在火山山腳下。陸路約莫二十二里，根據叔叔的看法，旅程需時兩天。

不過等他得知這是丹麥里，而且一丹麥里相當於七點八公里，他只好重新計算，況且缺少道路，必須走七或八天。

我們會有四匹馬，兩匹載叔叔和我，另外兩匹搬運行李。漢斯會步行前往，那是他的老習慣。他嫻熟海岸這一帶的路徑，保證會帶我們走最短的路。

他和叔叔的契約並不會在我們到達斯特皮以後失效，在整個探勘之旅期間，他都會繼續為叔叔服務，代價是每週三銀元[2]。只不過契約中明文規定，每週六晚間是支薪日，這是他的必要條件。

出發日訂在六月十六日。叔叔想要交保證金給獵人，但是被一口回絕了。

「艾弗德[3]。」獵人說。

2 銀元（rixdollar）是古代在北歐國家流通的一種銀幣。
3 丹麥語 efter，意指之後。

「之後再付。」教授轉述給我聽。

契約談妥後，漢斯便毅然離開房間。

「好一個了不起的人才，」叔叔喊道，「不過他完全沒料到他將來要扮演的角色多值得驕傲。」

「所以他會陪我們直到……」

「對，艾克賽，直到地心。」

還剩四十八小時要打發。遺憾的是我得打包行李。我們的聰明才智全都用來找出最有利的擺放法，科學儀器放這邊，武器在那邊，工具在這個包裹裡，糧食在那個包袱裡。林林總總共四大類。

科學儀器包含：

一、艾格爾攝氏溫度計，量度範圍直到一百五十度，我覺得刻度太大或太小。測量氣溫的話嫌太大，因爲地底下的氣溫如果升高到那個地步的話，我們早就被烤焦了。但是如果拿來測量泉水的溫度或是其它熔融物質，又不夠了；

二、壓力計，以便標示大於海平面大氣壓力的氣壓。大氣壓力會隨著我們愈往地表下移動而遞增[4]，一般的氣壓計將不敷使用；

4海平面爲一個大氣壓，往下每十公尺，大氣壓力會增加一（海平面下十公尺即爲兩個大氣壓）。

三、日內瓦小柏松納時計，按照漢堡的經線校準完畢；

四、兩個羅盤，一個測量傾角，一個測量偏角；

五、一雙夜視鏡；

六、兩架倫可夫照明儀器，可透過電流造光，便於攜帶，安全而且不占空間[5]。

武器包含了兩把卡賓槍，還有兩把科爾特手槍。爲什麼要帶武器呢？我想我們不需要嚇跑野人或猛獸吧。但是叔叔似乎很寶貝他那些兵器，待之有如他的科學儀器，尤其鍾愛那些無以計數的硝化纖維。硝化纖維受潮也不會變質，膨脹力比一般粉末狀的高出太多。

工具包含兩把十字鎬、兩把鶴嘴鋤，一付絲繩梯、三根包鐵棍子、一把斧頭、一把榔頭、十來個鑿子和鐵釘，還有很長的繩結。這些東西的包袱非常巨大，因爲梯子就有一百公尺長。

最後還有食物，包袱不大，但是令人安心，因爲我知道肉精和乾糧足以吃上六個月。

5原書註：倫可夫（Ruhmkorff）照明儀器內含一具本生電池（依靠重鉻酸鉀啓動，這個過程並不會產生氣味）以及一個感應式線圈，能將電池製造出的電流接上一個裝置特殊的燈籠。燈籠裡有一個眞空的玻璃蛇形管，蛇形管裡面只殘留二氧化碳或氮的殘渣。當照明儀器開始作用時，氣體便會發出持續的白光。電池和線圈都放在一個斜揹皮包裡，而燈籠位於袋外，它的光線足以照亮最深的黑暗。就算旅人走在可燃性極高的氣體當中也沒有爆炸之虞，甚至到了最深的水底，燈光也不會熄滅。倫可夫是一位學者，也是精明的物理學家。他最偉大的發明是感應式線圈，可以製造高壓電。他在一八六四年獲頒法國五年一度的最奇妙電器大獎，獎金是五萬法郎。

飲料部分只有杜松子酒，完全沒有水，但是我們帶了水壺，叔叔打算用泉水來裝滿水壺。我雖然針對水質、水溫，甚至找不找得到水提出質疑，但是抗議無效。

爲讓旅行用品的清單更完整，我還記下一個可攜式藥箱，內有圓頭剪刀、骨折用夾板、坯布棉帶、繃帶和紗布、OK繃、盛血皿等所有怵目驚心的東西，以及一整套裝有糊精、治傷用酒精、液態乙酸鉛、乙醚、醋和阿摩尼亞的瓶瓶罐罐，各種使用起來不太令人安心的藥品。最後是倫可夫照明儀器的必需品。

叔叔絕對不會忘記儲備菸草、火藥和火絨，也不會忘記圍在他腰際的那條皮帶，內藏大量金幣、銀幣和文件紙張。更不會忘記他那些塗了柏油防水的橡膠好鞋，在工具類裡面高達六雙。

「有這一身的衣鞋和裝備，不怕行不了萬里路，」叔叔對我說。

十四日整個白天都用來整理安排這些不同的物品。晚上我們到特倫普男爵府上晚餐，陪同者有雷克雅維克市長和冰島名醫亞塔林先生。弗里德克森先生不在賓客之列，我稍後才得知總督和他在某個行政問題上意見分歧，不相往來。因此這場半官方餐敘中的談話內容，我沒有機會明白一個字，只注意到叔叔一直在講話。

隔天，十五日，準備工作結束了。我們的東道主交給教授一張冰島地圖，細緻完美的程度絕非韓德森那張可以相比，教授開心得眉飛色舞。這張地圖是歐拉夫・尼可拉斯・

歐森根據席爾・費薩克的大地測量結果以及比約恩・古恩勞森[6]的地形測量圖所繪製的地圖，比例尺是1：480000，由冰島文學協會印行。對礦物學家而言，如獲至寶。

我們和弗里德克森先生閒話家常，共度最後一晚，我深深喜歡他的陪伴。閒談過後，緊隨而來的是輾轉反側的一夜，至少我是如此。

早上五點，四匹馬在我窗下跺地，長聲嘶鳴，把我吵醒了。我匆匆忙忙穿好衣服，下樓到街上去。漢斯就快搬完我們的行李，他幾乎沒使什麼力，手腳卻靈活不凡。叔叔的手不比他的嘴巴忙，而嚮導看起來根本沒把他的嘮叨聽進去。

一切都在六點鐘結束，弗里德克森先生跟我們握手。叔叔用冰島語誠摯感謝他的親切款待。至於我，我說了幾句最標準的拉丁語，致上我最由衷的心意，接著我們上馬，弗里德克森先生在作最後的道別之際，對我拋出維吉爾似乎爲了我們這些前路茫茫的旅人而寫的詩句：

無論命運之神指引的是哪一條路，我們都會跟著走。[7]

6比約恩・古恩勞森（Bjorn Gunnlaugsson，1788-1876）是一位冰島數學家、地圖學家。

7原文爲「Et quacumque viam dederit fortuna sequamur」。

12

我們出發時密雲四布，但是氣候穩定。沒有讓人疲勞的懾人熱氣，也沒有令人煩悶的雨。這是個適合觀光的天氣。

策馬穿越一個未知國度樂趣無窮，讓我在旅途的一開始，態度隨和許多。我就像個快快樂樂外出踏青的旅人，渾身充滿想望，自由自在。我總算下定了決心。

「何況，」我告訴自己，「在最奇妙的國度裡旅遊，去爬一座雄偉壯麗的山，萬不得已得下去死火山口底，又算冒什麼險呢？顯然這個薩克努森也不過就做了這些。通往地心的地道純粹是他杜撰的，根本不可能有！所以我就盡情把握這次的探險，別再瞻前顧後了！」

才這麼跟自己開導完，我們就離開了雷克雅維克。

漢斯帶頭走在前面，腳程快，步伐平均而且持續。兩匹馱馬跟著他。接下來是叔叔和我，我們坐在體型雖小卻很健壯的馬上，看起來絲毫不減拉風。

冰島是歐洲的大島之一。它的海岸線有五千三百平方公里，卻只有六萬個居民。地質學家將它分成四個區域，我們要斜越西南那塊當地稱爲「蘇德維斯特・佛都格[1]」的區

1 Sudvestr Fjordungr。

域。

漢斯在離開雷克雅維克後，立刻沿著海邊走。我們穿越貧瘠的牧地，牧草辛辛苦苦要讓自己轉綠，卻不如變黃來得成功。粗面岩堆凹凸不平的頂端在東方地平線的薄霧中變得朦朧不清。偶爾可見幾塊白雪將漫射的光線收集起來，在遠方山峰的斜坡上爍爍閃耀。某些高峭的頂峰裂破灰雲，重新出現在飄搖的煙嵐之上，宛如雲海中的暗礁。

這些層巒疊嶂的乾燥岩石經常往大海延伸成一個岬角，並且侵占到牧場上來，但是總有足夠的空間供人穿越。而且我們的馬靠本能選擇便於行走的路，從來不必放慢腳步。叔叔甚至連出聲或甩鞭去催馬快跑的這個慰藉都沒了，更別說還有機會不耐煩。看見他這麼高頭大馬的一個人坐在一匹小馬上，我就忍俊不禁，而且他的長腿擦過地面，看起來就像一匹六腳人馬。

「好畜生！眞是好畜生！」他說。「艾克賽，你將會見識到沒有一種動物的智力勝得過冰島馬，大雪、狂風、無法通行的路、懸岩、冰川，什麼都阻止不了牠。牠勇敢、不挑嘴又可靠。從不踏錯一步，從來不會大驚小怪。就算遇上河流、峽灣，牠也迎頭向前，你會看見牠下水也毫不遲疑，就像兩棲動物，還能抵達對岸！但是別催牠，讓牠自行去反應，我們大概一天可以走四十公里路。」

「我們當然可以，」我答道，「但是嚮導呢？」

我叔叔起來就像一匹六腳人馬。

「噢！我一點都不替他擔心。這些人哪，根本沒意識到自己在走路，他幾乎沒出力，應該不會累才對。而且如果他有需要，我會把我的馬讓給他。如果我不活動一下筋骨的話，很快就會抽筋了。手臂是沒問題，但也要替腿著想一下嘛。」

我們繼續快速的前進，沿途的景色已經差不多清冷了起來，疏落地散布著零星幾戶以木頭、泥土、熔岩築成，孤伶伶的農舍，看上去就像低凹路邊的乞丐。這些破敗的小屋好像在哀求過路人發發慈悲，而我們也差一點就要施捨了。在這個國家裡，馬路甚至小徑都付之闕如，而花草成長得再如何緩慢，也會很快就抹去罕見旅人的足跡。

然而這塊郊外區域離首都不過一箭之遙，算是冰島幾個有人煙、有耕地的部分。那麼比這塊荒漠還要更荒涼的地方會是什麼樣子呢？我們都已經走了一公里路了，還沒碰到哪位農夫站在他的農舍門前，也沒瞧見哪位原始的牧羊人在放牧一群比他更野生的動物，只有幾隻母牛和綿羊自生自滅。因此那些受到火山噴發和地震的劇烈震盪、混亂而形成的地區，又會是什麼模樣呢？

我們注定會在稍後見識到，可是查看歐森的地圖，我發現我們沿著蜿蜒的海岸線，避開了那些地區。的確，深成岩的劇烈運動尤其集中在島嶼內部。那個地方有北歐語稱爲「階梯」的水平岩層，粗面岩層，來自火山噴發的玄武岩、凝灰岩和所有火山礫岩，還有岩漿及熔融斑岩，都讓這個國家呈現出超乎自然的猙獰面貌。我完全想不到在斯奈佛斯半島等著我們的景色會是什麼模樣，想必狂暴的大自然造成的損害，在該地形成了一個奇妙特異的亂象吧。

離開雷克雅維克兩小時之後，我們抵達古弗恩鎮，這裡被稱爲「奧爾歐基亞[2]」或是「主教堂」。古弗恩鎮平凡無奇，只有幾棟房屋，在德國僅能勉強湊成一座小村子。

漢斯在那裡停留半小時，我們三人享用了一頓清茶淡飯。叔叔問漢斯路況，他以「是」和「不是」簡短作答，而當我們問到他打算在什麼地方過夜，他只回了一句「戈達」。

我查看地圖，想知道「戈達」是什麼。我在鯨魚峽灣岸邊看到一座同名小鎮，離雷克雅維克三十公里遠。我拿給叔叔看。

「才三十公里！」他說。一百七十多公里的路我們才走了三十公里！我們是來散步的啊？」

他想找嚮導抱怨幾句，但是漢斯未加理會，逕自回到馬匹前頭去，開始走路。

三小時後，我們仍舊走在褪色的牧草上，必須繞過克拉峽灣。比起穿越峽灣，繞路比

2 Aoalkirkja。

較容易，也不那麼費時。不多久，我們就進入人稱「平史戴爾[3]」或「地方法院」的艾殊堡鎮。如果這些冰島教堂夠富裕到擁有一口鐘的話，鐘樓就會剛剛敲響正午的報時，但是這些教堂就跟其教區人民差不多，而這些居民都沒有錶，也用不著錶。

待馬兒歇息進食過了，牠們帶著我們走過被山巒和大海包夾的海岸線，馬不停蹄地載我們到布朗塔村的「主教堂」，然後再到兩公里之外，位於鯨魚峽灣南岸上的紹波爾，又稱爲「阿尼克菲亞[4]」或是「附屬教堂」。

下午四點的時候，我們走完了三十公里路。

峽灣在這裡起碼有一公里這麼寬，洶湧的海浪潑潑刺刺地拍打在巉岩上。峽灣的開口在懸岩之間不住擴大，而這些懸岩全是些高達一千公尺的峭壁，因爲紅色調的凝灰岩分隔咖啡色岩層而相當惹眼。不管我們的馬多聰明，我都不認爲坐在四足動物背上穿越海峽是一件明智的事。

「牠們如果真聰明，」我說，「就不會去試著通過了。反正我比牠們聰明就行了。」

但是叔叔不想等，一夾馬腹，命牠往海濱走。他的座騎過去嗅一嗅腳邊的浪花，然後

3 Pingstaoer。
4 Annexia。

止步。叔叔本能地催牠前進。馬兒再度拒絕，牠搖搖頭。叔叔接著一陣打罵，但是馬兒的兩條後腿騰空一蹬，打算讓騎士落馬。最後小馬彎曲後腿，從教授的腿下掙脫，留下教授直直杵在海濱的兩塊岩石上，活像一尊羅得島巨像[5]。

「啊！該死的畜生！」瞬間變成行人的騎士叱道，他就像騎兵隊軍官降爲步兵一樣臉上無光。

「法雅[6]。」嚮導碰碰他的肩膀。

「什麼？有船？」

「德[7]。」漢斯指著船答道。

「對，」我喊道，「那裡有船。」

「早講嘛！那就上路吧！」

「替滿等[8]。」嚮導又說。

「他說什麼？」

5希臘羅得島的港口曾經矗立著一座太陽神赫利俄斯（Helios）的青銅像（Colossus of Rhodes），但是在西元前二二六年毀於地震。

6farja，意思爲船。

7der，意思是那裡。

8dvatten，意思是潮汐。

他的座騎過去嗅一嗅腳邊的浪花。

「他說潮汐。」叔叔幫我翻譯這句丹麥語。
「所以我們一定得等到漲潮吧？」
「否比達[9]？」叔叔問道。
「耶[10]。」漢斯答道。
叔叔跺跺腳，馬兒往小船走去。
我十分清楚爲什麼非要等漲潮漲了一段時間再渡海。海水漲到最高點的時候是憩潮，沒有潮漲潮落，因此船隻不會有沉船或是被送出海的危險。
最佳時機直到晚上六點才出現。叔叔、我和嚮導、兩位船伕、四匹馬，在一艘好像不夠紮實的舢舨上就位。我坐慣易北河上的蒸汽艇，不禁覺得船伕的槳遜色好多。橫渡海灣費時一個小時以上，但是總算無驚無險。
再過半小時後，我們抵達了戈達的「主教堂」。

9 forbida，意思是等待。
10 ja，意思是是的。

13

照理天應該已經黑了，但是在緯線六十五度上，北極區依舊亮如白晝沒什麼可驚訝的。整個六月和七月，冰島的太陽都不會下山。

然而氣溫卻下降了。我開始覺得冷，尤其飢腸轆轆。冰島農舍敞開好客的大門，歡迎我們。

這裡雖是農人的家，但說起待客之道，堪稱皇宮。我們人一到，主人就朝我們伸出手來，然後不再多禮，示意我們跟著他走。

我們也當眞只能尾隨於後，因爲不可能與他並肩同行。一條狹長幽黑的走道通往這棟用不甚方正的橫木建築而成的房子，並且也通到每一個房間。這裡有四間房：廚房、紡織室、全家人的主臥室「巴德斯托發[1]」，以及當中最豪華的外賓客房。蓋房子的時候沒人想到有叔叔這麼高的人類，因此他的腦袋在天花板上的椽梁撞了三、四次。

我們被帶到客房。這間大廳的地面是夯實的泥土地，有一扇窗戶採光，窗玻璃由半透

1 badstofa。

明的綿羊膜替代。兩個漆成紅色、飾有冰島格言的木框中鋪滿乾草，這是我們的臥具。我沒有料到房間會這麼舒適。只不過濃烈的魚乾、醃肉和酸奶氣味瀰漫在整棟屋子裡面，熏得我受不了。

就在我們把行李裝備擺到一旁以後，傳來東道主的聲音，他邀請我們到廚房去。就算天氣極寒，那裡也是唯一有生火的房間。

聽見這個善意的指令，叔叔急忙依言行事。我跟著他走。

廚房裡的壁爐款式古老，房間中央的那塊石頭就是爐灶，頂上開了一口洞，排放炊煙。廚房也做爲餐廳使用。

我們進入廚房時，東道主彷彿從沒見過我們似的，說了一聲「薩耶面都[2]」招呼語，這句話的意思是「祝您快樂」，然後上前親吻我們的臉頰。

他的妻子繼他之後，也同樣行禮如儀。接著夫婦倆把右手置於心臟上，深深一鞠躬。

我得趕快聲明，這位冰島婦女育有十九個孩子。每個小孩，無論大小，都在滿屋子的繚繞煙霧中萬頭竄動。我隨時都能看見一顆有點憂鬱的金色小腦袋瓜，從濛濛煙霧中探出來。好像一成串臉洗得不夠乾淨的小天使。

2 saellvertu。

叔叔和我親親暱暱地迎接「這一窩小東西」，因此要不了多久，就有三或四個小鬼頭爬上我們的肩膀，另外三、四個坐在膝頭，剩下的就在雙腿間。已經會說話的就以所有想像得到的各種音調重複著「薩耶面都」，不會說話的就使勁哇啦亂叫。

開飯的宣布聲中斷了這場音樂會。這個時候獵人走了進來。他剛剛去餵馬，換句話說，放牠們在原野上自由行動，這樣最省事。這些可憐的動物只有懸岩上罕有的青苔、不太營養的墨角藻可吃，次日還不忘回來重拾前一天的工作。

「薩耶面都。」漢斯進來時打了一聲招呼。

接著從從容容，自動自發地親吻了主人、女主人和他們的十九個小孩，每個親吻的力道整齊劃一。

寒暄結束，我們二十四個人陸續就座。因爲人數太多，我們只好一個疊一個，成了名符其實的疊羅漢。腿上只坐兩個小鬼算運氣好的。

湯上桌了以後，這一小群人就靜默了下來，連冰島小孩都有的沉默寡言天性重新奪回統治權。主人盛了地衣濃湯給我們，並不難喝，接著是一大份魚乾，泡在放了二十年的酸奶油裡，在冰島人的美食觀念裡，酸奶油比新鮮奶油美味。還有「斯給[3]」，這是一種加

3 skyr。

了杜松子汁提味，搭配餅乾吃的乳酪。最後，我們喝的飲料是冰島人稱爲「布蘭達[4]」的摻水乳清。這個特殊的飲食是好是壞，我無法判斷。我餓壞了，還把甜點的蕎麥稠粥吃個精光，半口不剩。

用完餐後，孩子們都不見蹤影。大人圍著火爐，爐內燒著泥炭、歐石南、母牛糞、魚乾骨。接著，大夥兒取完暖之後，各自回房。有傳統美德的女主人表示要幫我們脫掉襪子和褲子，但是我們用最和藹的態度婉拒了，她也不堅持，而我總算能窩進我的乾草床中了。

翌晨五點，我們告別冰島農夫。叔叔費了一番工夫才讓他收下適當的報酬，然後漢斯發出啓程的信號。

離戈達百步之遙，大地開始改變面貌。沼澤變多，較不利於行走。右方是綿延不絕的山嶺，有如廣大無邊的天然屛障，我們沿著它的外壕，途中經常遇上溪流，我們不得不涉水而過，同時小心別把行李打濕了。

景色愈發蒼涼，然而遠方偶見人影竄逃。如果蜿蜒的道路意外拉近我們和鬼魂之一的距離，就可以看到一顆腫脹油亮，頂上無毛的頭顱，還有從破衣裂口曝露出來的令人作嘔

---

4 blanda。

的傷口，這時我就會驀地嫌憎起來。

這可憐蟲非但不會過來伸出他畸形的手，反而轉身就逃，只是速度往往不如漢斯慣常的「薩耶面都」招呼聲來得快。

「史貝戴奧斯克[5]。」他說。

「痲瘋病人！」叔叔轉述。

光聽這個詞就足以令人生厭。痲瘋在冰島是很常見的疾病，雖然不會傳染，卻會遺傳，因此這些可憐人被禁止嫁娶。

這些人的現身無法讓愈趨淒慘的景色更愉悅。最後幾株草在我們腳下凋萎。除了幾叢矮得好比灌木的樺樹之外，就沒有別的樹了。也不見動物的蹤跡，除了幾匹主人無力餵養，任憑在陰鬱平原上流浪的馬。

偶爾可見一隻隼在灰雲中翱翔，振翅飛往南方大陸。我落入在這片蠻荒的憂鬱中，並回憶起我的故鄉。

我們很快就得穿越好幾個沒沒無名的小峽灣，最後則是真正的海灣。當時是憩潮，我們無需等待就橫渡而過，抵達位於兩公里遠的艾夫坦小村。

---

5 spetelsk。

「麻瘋病人！」叔叔轉述。

晚上，在涉水橫渡亞勒法和赫塔這兩條充滿鱒魚和白斑狗魚的河流後，我們被迫夜宿一棟被棄置的破屋，這屋子活該有全北歐神話裡的精靈來作祟。冷精靈一定是卜居於此了，整晚都在施展它的看家本領。

次日一整天都沒有特殊事件。地面依舊沼澤遍佈，景致一樣的單調，同樣的愁眉苦臉。晚上我們走完該走的距離的一半，在克索伯特村的附屬教堂裡打尖夜宿。

六月十九日，熔岩在我們腳下迤邐了約莫整整兩公里路，這類地形在這個國家被稱作「赫魯[6]」：表面皺巴巴的熔岩呈繩索狀，有時拉直，有時盤捲。一片廣闊的岩漿從鄰山（目前是死火山，但是這些殘岩見證了昔日噴發有多麼暴烈）上流下來。隨處可見蒸蒸騰騰的溫泉水氣。

我們沒工夫觀察這些現象，還有路要趕。不多久，沼澤遍布的地面又出現在我們座騎的腳下，小湖泊在地面上星羅棋佈。我們現在向西邁進，也確實繞過了廣大的法赫薩灣，斯奈佛斯的白色雙峰聳峙雲中，就在不到十公里之外。

馬兒都行走裕如，地面雖然難行，卻難不倒牠們。至於我，我開始覺得非常疲乏，叔叔還是跟第一天一樣直挺，昂首挺胸。我無法不讚佩他還有獵人，這趟遠行對後者來說，

---

6 hraun。

只是出門轉轉而已。

六月二十日星期六，晚上六點，我們抵達濱海小鎮布迪爾，嚮導索討約定好的酬勞。叔叔付清了。漢斯的親戚就住在這裡，他的叔伯和堂兄弟熱情地歡迎我們。我們受到盛情款待，我很樂意在不過度叨擾這些好人的情況下，待在他們家消除旅途疲勞。只是叔叔可不這麼想，畢竟他沒什麼需要恢復的，因此隔天我們又跨上我們的好馬。

從地質便可看出斯奈佛斯就在不遠處了，花崗岩的根基從土裡冒出來，宛如一棵老橡樹的根。我們繞過火山廣闊的山腳。教授的眼睛沒有離開過它，他指手畫腳，似乎在向它挑戰，說：「這就是我要馴服的巨人！」最後，經過二十四小時的步行，馬匹自行在斯特皮的本堂牧師住宅門前停下來。

14

斯特皮是一座由三十來棟，建築在遍地熔岩上的小屋所組成的小鎮，火山反射下來的陽光照耀其上。一座小峽灣有山壁夾岸，予人詭奇的感受，小鎮就延伸在峽灣盡頭。

我們知道玄武岩是一種深色的火成岩。它的形狀規則，分布情形令人驚豔。這裡的大自然彷彿跟人類一樣，手拿角尺、圓規和鉛線，按照幾何圖形進行打造。大自然在其他各地利用凌亂的巨岩，草率馬虎的火山椎，不勻稱的金字塔，接連的奇怪線條，展現它亂無章法的藝術觀。但是這裡，大自然卻想要成爲秩序的典範，而且早在古代建築之前，就已經創造了一套嚴格的規則，無論是輝煌的巴比倫，還是奇美的希臘，都不曾超越它。

愛爾蘭的巨人堤道[1]、赫布里底群島之一的芬哥洞窟[2]，我如雷貫耳，但是玄武岩地

1 巨人堤道（Giant's Causeway）位於北愛爾蘭北端，有非常特殊的地貌景觀。無數高高矮矮的玄武岩柱形成階梯，延伸入海。根據蓋爾人的傳說，愛爾蘭巨人芬恩建造了這條堤道，以便能與蘇格蘭巨人對戰。但是芬恩暗地發現對手體型比他大上許多，躲回家中。蘇格蘭巨人一路追來芬恩家門口，芬恩的妻子智計深長，將芬恩打扮成嬰兒，蘇格蘭巨人見芬恩的孩子都如此龐大了，他本人更不用說。駭然而返的蘇格蘭巨人破壞堤道，讓芬恩無法追擊他。

2 芬哥洞窟（Fingal's Cave）位在蘇格蘭赫布里底群島（Hebrides）的斯塔法無人島上（Staffa）。整座島和洞窟都是由六角形的玄武岩柱構成，地質類似巨人堤道。因爲天然形成的拱頂以及海浪的奇異回聲，讓洞窟宛若一座教堂。「芬哥」的名稱來自於十八世紀蘇格蘭歷史學家兼詩人詹姆士·麥克佛生（James Macpherson）的史詩著作中的巨人名字。

玄武岩地基的勝景我還從未目睹過。

基的勝景我還從未目睹過。

然而這個景觀在斯特皮以極致的奇麗姿態亮相了。峽灣的山壁和半島的海岸都由一列高十公尺的垂直石柱組成。這些筆直、勻稱的柱身支撐著一個由水平石柱形成的拱門飾，這些水平石柱懸垂在大海上方的部分呈半拱形。每隔一段間距，我們的眼睛可以在這天然的房檐下看出一些花樣令人讚賞的尖拱形開口。洶湧而來的白浪中穿而過。被怒海拉扯下來的幾截玄武岩像一座古神殿的斷垣殘瓦，匝了一地；歷經數百年的歲月卻無損壯麗，恍若青春永駐的廢墟。

這裡就是我們地面之旅的最後一站。漢斯帶我們到這裡來是非常聰明的決定，想到他還會繼續陪伴我們，我就稍覺放心。

我們來到本堂牧師住家門前。這棟樸素的低矮小屋並不比鄰居家來得堂皇或舒適。我看見一個男人手持榔頭，腰紮皮圍裙，正在幫一匹馬上蹄鐵。

「薩耶面都。」獵人對他說。

「古得格[3]。」馬蹄鐵匠用純正的丹麥語答道。

「古貴哈戴[4]。」漢斯轉過來面對叔叔說。

---

3 god dag，見面招呼語，意思爲美好的一天。

4 kyrkoherde，意指牧師。

「他就是牧師！」叔叔轉述。「艾克賽，這位鄉老好像就是牧師。」

這段期間，嚮導向牧師說明情況，後者停下手邊的工作，尖聲一叫，鐵定是馬匹和馬販之間的溝通語言，接著，一位魁梧的母夜叉走出小屋。她就算沒有兩公尺高，也相去不遠了。

我怕她按照冰島禮儀，湊過來親吻旅客，但是沒有，甚至連領我們進屋都不情不願的。

外賓客房狹窄穢臭，在我看來是整棟牧師住宅裡最糟糕的。我們只能忍耐。這位牧師似乎不來古人殺雞炊黍那一套。差得遠了。我在這天結束之前，發現我們的東道主是一名鐵匠、漁夫、獵人、木工，哪裡是上帝的使者？的確今天是平常日，或許到了星期天，他就會彌補他的失職吧。

我不願詆毀這些窮牧師，畢竟他們都非常貧困。丹麥政府給他們的待遇很可笑，從教區徵收來的什一稅的四分之一，連六十馬克[5]都不到！因此爲了生計，他們有必要工作。但是捕魚、狩獵、上蹄鐵，終究會染上獵人、漁夫和其他粗人的習性、腔調和品德。當天晚上，我就注意到淺酌並不包含在我們東道主的美德裡。

叔叔很快就明白東道主是個什麼樣的人，不是正直可敬的學者，而是粗魯鄙俗的鄉

5原書註：漢堡錢幣，大約九十法郎。

民。於是他決定盡早上路，離開不甚好客的牧師住所。他無視旅途勞累，決定到山上去住個幾天。

因此，我們到達斯特皮的隔天，啓程的準備工作就已經就緒。漢斯雇了三位冰島人取代馱馬，不過我們一到達火山口底，這三位當地人就會折返，留下我們自立自強。這一點就這麼敲定了。

此時，叔叔也告訴了獵人他的打算，會繼續將火山探勘到底。

漢斯只管點頭。火山底還是其他地方，深入島嶼底下或是跑遍全島，他都不覺得有什麼不同。至於我，直到剛才都還因爲旅途上的點點滴滴而分神亂想，有點忘記之後的事，但是此時我感到內心惶惶不安，遠勝以往。怎麼辦？如果我能對李登布洛克教授說不，早在漢堡就試了，還會等到斯奈佛斯的山腳下嗎？

比起其他念頭，有一個特別令我惶悚，足以震撼比我還粗枝大葉的人。

「所以，」我對自己說，「我們準備登上斯奈佛斯，好。我們要去參觀它的火山口，行。其他人去看過也沒死。但是事情還沒完。如果真有一條路可以通往地底內部，如果薩克努森這個掃把星所言不虛，那我們就要迷失在火山的眾多地道中了。可是誰敢肯定斯奈佛斯是死火山呢？誰能證明它沒有在蘊釀一場噴發呢？這個怪物從一二二九年開始沉睡，但它難道不能醒過來嗎？要是它甦醒過來，我們的下場會如何啊？」

這件事值得我們費思量，而我不只白天思量，連睡覺時都無法不夢到火山噴發，而且我覺得要我扮演爐渣的角色未免太過分了。

最後我忍無可忍，決定把情況呈報給叔叔知道；我得盡可能靈巧地把問題說得好像這只是個全然不可能成眞的假設。

我去找他，告訴他我害怕的事，接著站遠一些，讓他發火發個過癮。

「這我想過。」他一語帶過。

這句話是什麼意思？所以他要聽從理性的聲音嗎？他考慮過要中斷計畫？這簡直好到不像是眞的。

經過幾分鐘的靜默——這段時間內我都不敢發問，他才又開口說：

「我也想過。從我們抵達斯特皮，我就在擔心你剛剛講的那個嚴重問題，因爲我們不該草率行動。」

「是不該。」我用力地回答。

「斯奈佛斯沉默了六百年，但是它可以說話。火山噴發之前總會有一些清楚可辨的跡象，所以我問過當地居民，也研究過地面，我現在可以告訴你，艾克賽，火山不會爆發。」

聽到這番斷言，我驚詫不置，只能語塞。

「你懷疑我說的話嗎?」叔叔說,「好,你跟我來。」

我下意識照辦。我們出了牧師住宅的大門,教授穿越玄武岩壁的一個開口,走上一條遠離大海的直路。不多時,我們就來到一片曠野——如果可以這麼稱呼一個遼闊的火山噴出物巨堆的話。這個地方看起來就像被一陣由玄武岩、花崗岩和所有輝石岩組成的巨石雨砸個平扁。

處處可見火山氣體冉冉上升至空中,冰島人稱這些來自溫泉的白色蒸氣為「瑞給[6]」,蒸氣狂冒表示地底下有火山活動。我覺得這證明了我害怕的事,我的心頓時涼了半截,這時叔叔對我說:

「你看到這些煙了吧,艾克賽。這就證明我們根本不必怕火山發怒!」

「什麼?」我驚叫出聲。

「好好記住這點,」教授繼續說,「火山快要噴發的時候,火山氣體會加倍活動直到完全消於無形,因為流體少了必要的壓力,會取道火山口而非透過地表裂縫來散逸。所以如果蒸氣維持慣常狀態,能量沒有增加,再加上沒有滯悶安靜的大氣取代風雨,那麼你可以肯定近期不會有火山噴發。」

「可是——」

6 reykir,意為抽菸者。

「夠了。科學說話了，我們只有閉嘴的份。」

我垂頭喪氣地回到牧師住所。叔叔用科學理論擊潰我。然而我依然心存希望，那就是一旦抵達火山口底，因爲沒有通道，不可能再往下走了，這樣一來，就算薩克努森復生，也成不了事。

接下來的一夜，我噩夢連連，置身火山及地底深處當中。我感覺自己變成噴發岩，被射到太空去。

翌日，六月二十三日，漢斯和他負責背負糧食、工具和科學儀器的同伴等著我們。兩根包鐵棍子、兩把槍、兩盒彈匣都是留給叔叔和我的。漢斯防範未然，在我們的行李上多加了一個裝滿水的羊皮袋，羊皮袋就附在我們的水壺上，足足有八天份的水。

現在是早上九點。牧師和他那高大的母夜叉在門口等著。他們一定是想在臨別之際向旅客致上東道主最至高無上的情意吧。豈料這個致意竟是一張巨額帳單！我敢說牧師住所那熏死人不償命的空氣都被算進去了。這對自抬身價的可敬夫婦像瑞士旅舍主人那樣漫天開價，狠狠敲了我們一筆。

叔叔沒有囉唆就付清了，一個要去地心的人是不會在意那幾個銀元的。

解決了這一點，漢斯發出啓程的信號，片刻後，我們就離開斯特皮了。

15

斯奈佛斯高一千四百多公尺，它的錐形雙峰是一條粗面岩帶的盡頭，這條粗面岩帶在冰島的山系中相當與眾不同。從我們的出發點所在，看不到灰濛濛的天空背景襯托出來的那兩座峰頂。我只隱隱看見一頂巨大的白雪圓帽，低低地壓在巨人額前。

我們順次走著。獵人帶頭，他爬上兩人無法並肩齊走的羊腸小徑，因此幾乎無法對話。

到了斯特皮峽灣的玄武岩山壁另一邊，首見纖維狀的草本泥炭地面，這是斯奈佛斯半島沼澤地從遠古遺留下來的植物殘渣。這麼一大塊尚未開墾的燃料，足以供全冰島人口加熱一整個世紀了。這廣闊的泥炭岩層從某些溝壑底部量起，經常可達二十公尺高，其一層層的碳化岩屑讓富含氣孔的凝灰岩紋層區隔開來。

我到底是李登布洛克教授的姪兒，儘管憂心忡忡，還是津津有味地觀察起這些陳列在這寬廣無邊的自然史陳列室裡的礦物界奇勝，同時在腦子裡重溫冰島的整段地質歷史。

這座如此奇妙的島自然是從水底升上來的，時代頗爲晚近，說不定一種看不見的運動還在把它抬升上來呢。若眞是如此，我們便只能將這個現象的來源歸因於地底下的岩漿。

若在這種情況下，亨佛萊．達維的理論、薩克努森的祕密、叔叔的奢望，全都將化爲泡影。這個假設讓我留意起地質形態，而我很快就搞懂了主要形成冰島的系列現象。冰島完全沒有沉積岩，獨獨由凝灰岩組成，也就是一種多氣孔結構的集塊岩。在火山出現以前，它是被地心的力量慢慢抬升至海面上的玄武岩台地，內部的岩漿尚未湧到外面。

但是稍後，島的西南方往西北方斜陷下去，形成一道寬大的裂縫，粗面質岩漿慢慢湧出。出口很大，所以這個現象溫和地完成了。從地心噴出來的熔融物質平靜地擴展成寬廣的岩幕或是呈乳頭狀的岩塊。這個時代出現了長石、正長石和斑岩。

不過拜此所賜，冰島的厚度大幅增加，接著是抵抗力。我們可以想像得到大量的流體累積在裡面，而在粗面岩硬殼冷卻了以後，無法再提供出口，因此等到這些氣體的機械動力增大，就抬起了沉重的地殼，並下陷形成深邃的管道。抬升的地殼形成了火山，接著頂峰突然破了一個火山口出來。

噴發現象之後，緊接而來的就是熔岩流湧出的火山現象，玄武岩噴出物率先透過新形成的開口湧出，我們目前穿越的平原就是這樣來的，我們眼睛看到的都是玄武岩最美妙的種類。我們走在這些沉重的深灰色岩石上，這些深灰色岩石在冷卻的時候，凝固成底部呈六角形的角柱體。遠方是爲數繁多的扁平火山渣錐，可見昔日有這麼多的火山口。

接著，玄武岩的噴發告罄，火山因爲其他某些火山口熄滅了而力量增強，提供通道給岩漿、火山灰及火山碎屑。我看見長長的熔岩流披散在火山的側邊上，宛如豐盈的頭髮。

這就是形成冰島的一系列現象。全都是來自火山內部的活動，假設地核並非恆久熾熱的液態是痴心妄想。宣稱要抵達地心尤甚！

所以我不再擔心此行的結局，一邊邁開大步，前去攻下斯奈佛斯。

路愈發崎嶇難行。地面隆起，碎岩鬆動，我們必須打醒十二個精神，才能避免險遭跌墜的不測。

漢斯穩健地前進，如履平地。他有時消失在巨岩後面，我們暫時失去他的蹤影，然後一陣尖銳的哨音自他嘴裡發出，指示我們跟隨的方向。他也常常駐足，挑揀碎石，擺成容易辨識的樣子，做爲回程的路標。謹愼是好事，但是後續之事卻枉費了漢斯這番心力。

三小時疲憊不堪的長途跋涉只把我們帶到山腳而已。漢斯發出停步的信號，然後大家草草吃了一頓午餐。叔叔兩塊兩塊往嘴裡塞，想趕快吃完，只是這次的休息必須看嚮導的意思，而他在一個小時後才發出上路的信號。那三位冰島人跟他們的獵人同伴一樣沉默寡言，一言不發，很有節制地用餐。

我們現在開始爬斯奈佛斯的山坡。因爲山區常見的視覺幻象，我覺得它覆雪的山頂離我非常近，然而在抵達山頂之前，其實還有漫漫長路。更別說會有多累人！缺乏泥土或青草附著的疏鬆石頭從我們的腳底下坍落，以雪崩似的速度墜落平原上，轉眼無影無蹤。

某些地方的山側和地平線形成至少三十六度的角度，不可能爬得上去，而繞過磽确的斜坡又相當艱辛，我們需要借助棍子幫忙彼此。

叔叔盡可能走在我身邊，他的視線不曾離開我，手臂曾多次提供我穩固有力的支撐點。至於他自己，應該天生就有平衡感，因爲他的腳步從不踉蹌。那些冰島人雖然身負重荷，攀登的時候，仍是像山民那樣敏捷。

望著高高在上的斯奈佛斯山頂，我覺得坡度再不趨緩的話，我們不可能從這一面攻頂。所幸辛苦勞頓了一個小時以後，從火山圓頂鋪展下來的寬闊的雪白地毯中，意外出現了一種類似樓梯的東西，讓我們上山變得簡單多了。冰島人稱它「史蒂娜[1]」，成因是火山噴射出來的其中一道土石流。若非山側恰好阻止了落勢，這些石頭就會疾墜入海裡，形成新的島嶼。

它這個樣子幫了我們一個大忙。坡勢愈走愈陡，但是這些石階幫助我們輕易爬上去，甚至健步如飛，快到我落後我的同伴才一段時間，他們遙遠的身影在我眼裡已經小得快要看不見了。

到了晚上七點，我們已經爬了兩千個石階，可以俯瞰一塊類似基岩的突出物支撐著火

---

1 stina。

我們需要借助棍子幫忙彼此。

山錐，亦即火山口。

在我們下方一千公尺之處大海延伸，我們已經超過雪線了，這裡的雪線因為氣候經年潮濕，在冰島中不算太高。此處奇寒徹骨，風颼得很猛。我筋疲力竭。教授看見我的雙腿已經不聽使喚，他雖然一心想趕路，還是決定停下來。他向嚮導打個手勢，後者搖搖頭說：

「歐福蘭佛[2]。」

「好像必須再爬高一點，」叔叔說。接著他問漢斯原因。

「密斯土烏[3]。」嚮導答道。

「耶，密斯土烏。」其中一位冰島人語帶恐懼地跟著說了一遍。

「那是什麼意思？」我擔憂地問。

「你看。」叔叔說。

我把視線放到平原上。一個肥大如龍捲風的浮石屑、砂塵柱，盤旋而起，讓風吹壓到斯奈佛斯山側，也就是我們攀附的地方。這面半透明簾幕攤開在太陽前面，其巨大的陰影

2 ofvanfor，意指往上。
3 Mistour，書中指的是由沙塵、碎石形成的風暴、龍捲風。

投射在山上。砂塵暴如果歪斜一邊，就勢必會把我們捲進它的旋風裡。這個現象在風吹襲冰川的時候頗爲常見，冰島人稱爲「密斯士烏」。

「哈斯底[4]，哈斯底！」我們的嚮導喊道。

我雖聽不懂丹麥語，卻也明白我們得盡快跟著漢斯走。他已經開始迂迴繞過火山口的圓錐，這樣的走法讓行進比較容易。很快地，砂塵暴捲而至，它的碰撞令火山簌簌跳動，被捲進旋風中的石塊有如雨水飛濺，宛若火山噴發。謝天謝地我們人在對面的山坡，逃過一劫。如果不是嚮導謹慎，我們粉身碎骨的屍體就會就像某顆不知名的流星，落在遠方。

然而漢斯認爲在山坡上過夜並不安全。我們繼續之字形的攀爬，剩餘的五百公尺花費了將近五小時的時間。繞路、迂迴行走和折返，少說也有六公里路。我飢寒交迫，撐不下去了。稍嫌稀薄的空氣讓我呼吸不過來。

最後，晚上十一點，在昏天黑地中，我們終於抵達斯奈佛斯山頂。去火山口內避風之前，我還來得及瞄了「午夜太陽」幾眼，它正在運行的最低點，將蒼白的陽光投射在我腳下沉睡的島上。

---

4 hastigt，意爲加速。

很快地，砂塵暴捲而至。

16

我們這一小群人狼吞虎嚥地把晚餐吃完，然後盡可能安頓自己。臥榻硬梆梆的，掩蔽所又不甚牢固，位在海拔一千四百公尺上面的我們，處境非常艱苦。然而這一夜，我卻睡得特別香，是我長久以來少數睡得最熟的一覺，甚至連夢都沒做。

次日一早醒來時，我們沐浴在璀璨的陽光中，但是砭骨寒風差點沒把我們凍僵。我離開我的花崗岩臥榻，去享受眼前一望無際的絕美勝景。

我獨占斯奈佛斯的峰頂之一，南邊的那一座。絕大部分的島都一覽無遺。高海拔地區常見的視覺效果升起海濱，中央部位反而看似凹陷下去。我還以爲海爾貝斯默的其中一幅立體地勢圖，就攤開在我的腳下呢！我看見深谷星羅棋佈，懸崖凹陷如井，湖泊變成池塘，河川成爲澗溪。我右邊是不可計數的冰川和爲數眾多的山峰綿延相銜，其中幾座山峰還有輕煙裊裊。連綿的山巒起伏、浪沫似的皚皚白雪，令我聯想起記憶中的翻騰海面。如果我轉向西邊，會看見浩瀚無垠的海洋，有如那些白浪掀天的山峰的接續。陸地在哪裡結束，波濤又從哪裡開始，我的眼睛幾乎分辨不出來。

我便這樣沉溺於登高望遠才體會得到的如入幻境的狂喜中，這一回沒有頭暈，因爲我終於習慣壯麗的鳥瞰風光。我深深入迷的目光沐浴在傾瀉的透明陽光中，我忘了自己是誰，身在何處，只為了體驗北歐神話中虛構的精靈或是空氣妖精的生活。我在頂巔飄飄欲仙，不去想命運之神稍後不久就要把我丟進萬丈深淵了。但是教授和漢斯的到來把我帶回現實，他們來山頂和我會合。

叔叔轉向西方，手指著一縷輕煙、一片薄霧、一座海岸的輪廓。

「格陵蘭。」他說。

「格陵蘭？」我驚喊。

「對，我們離它只有一百四十公里。北極熊在融雪期可以被北方的浮冰一路運到冰島。不過這不重要。我們在斯奈佛斯山頂，這裡有南北兩座山峰，漢斯會告訴我們現在站的這一座，在冰島語裡面叫什麼名字。」

獵人聽了問題後答道：

「斯卡塔里斯[1]。」

叔叔往我丟來一個得意的眼神。

「我們去火山口！」他說。

1之前破解後的密文提及的斯卡塔里斯。

斯奈佛斯的火山口就像一個倒扣的圓錐，開口的直徑有兩公里。我估計它的深度約有六百五十公尺。試想這樣一個容器盛滿雷電和火燄時的模樣。這個漏斗的底部圓周應該不會超過一百六十公尺，因此它的坡度頗緩，可以輕易到達內部。這個火山口讓我不自覺聯想起一把巨大的雷管[2]，而這樣子一比較，我不禁毛骨悚然。

「這隻雷管也許上了膛，」我心想，「一丁點碰撞都可能擦槍走火，在這種時候跑進槍管裡面，只有瘋子才做得出來。」

但是我不能退縮。漢斯一副滿不在乎的模樣，又到前面去帶頭。我一言不發地跟著他。

漢斯爲了往下走容易一點，在火山口內走的路線呈非常拉長的橢圓形。我們必須走在火成岩中間，其中一些岩石鬆動脫落，邊彈邊跳，往火山口底直墜墜地落下去，引起音色非常奇怪的回音。

火山口內部有幾處形成冰川，所以漢斯極其謹慎地前進，用他的包鐵棍子探測地面，以便發現裂縫。來到危機潛伏的地面時，就必須用一條長繩索把我們綁在一起，要是某人失足踏空，他的同伴還可以撐住他。相互照應是防範措施，但是這麼做並不會排除所有危

2雷管是一種大口徑的火槍，有喇叭狀的槍管。

險。

我們中午抵達了。我抬起頭，看見圓錐上方的開口，框住一塊圓周縮得出奇地小，但是幾乎呈正圓形的天空。撐天而立的斯卡塔里斯峰就在上面的某塊地方突顯出來。

火山口底洞開著三條火山管。斯奈佛斯噴發的時候，爐心就是透過這些火山管將熔岩和蒸氣驅趕出去。每一條火山管的直徑大約三十公尺，在我們的腳下張著大口。我沒有勇氣往下瞧。教授他呢，快速勘察這些火山管的構造。漢斯和他的同伴坐在幾塊熔岩上，看著教授氣喘如牛，從這一頭跑到那一端，指手劃腳，胡言怪語。他們顯然把他當成神經病。

忽然間，叔叔大喊一聲，我還以爲他失足掉進其中一個大坑裡，結果不是。我看見他張開雙臂，叉開雙腿，站在火山口中央的一塊花崗岩之前，那花崗岩就像是爲冥王普路托的雕像打造的巨大底座。他就擺著這麼一副愣愣的姿勢，但是他的驚愕很快就被狂喜取代。

「艾克賽！艾克賽！」他大叫，「過來！過來！」

我跑了過去。無論是漢斯還是那些冰島人都寸步不移。

「你看。」教授對我說。

我跟他一樣驚愕，但沒有他的喜悅，我在石塊的西面上讀出這些因爲年深日久而磨蝕

「你看。」教授對我說。

不清的北歐古文字、這個被我詛咒了上千遍的名字：

「亞恩・薩克努森！」叔叔喊，「你還懷疑嗎？」

我沒有搭腔，頹喪地回到我的熔岩長椅上。鐵錚錚的事實沉沉壓在我身上。我這樣子沉思凝想了多久？我不知道。我只知道等我抬起頭時，只看見叔叔和漢斯在火山口底。那些冰島人都被支使走了，這會兒爬下斯奈佛斯外側的山坡，要返回斯特皮。漢斯在熔岩層裡臨時搭了一張床，正安詳地睡在一塊岩石腳邊。叔叔像一隻落入陷阱的野獸，在火山口底部兜來轉去。我既不願也沒有勇氣起來，就跟著嚮導有樣學樣，也任由自己在痠痲餘痛中，昏昏欲睡，隱似聽見細響或是感覺到山側裡簌簌抖動。

在火山口底的第一夜就這樣度過了。

次晨，灰暗多雲的滯悶天空低低地壓在圓錐山頂上。我並不是從幽暗的深淵意識到這件事，而是從叔叔的怒火。

我知道原因為何，心裡又燃起了一絲殘存的希望。原來是這樣的：

我們的腳下開著三條路，薩克努森只走過一條。根據這位冰島學者所言，我們可以藉由密文中指示的特殊條件認出它來，亦即斯卡塔里斯的陰影會在六月的最後幾天掠過該通道的邊緣。

的確，我們可以把斯卡塔里斯的尖峰視為巨大的日規，它的陰影會在某特定日子標示出通往地心的那條路。

不過若是太陽湊巧不露面，就不會有影子，自然也不會有指示了。今天是六月二十五日。要是天空連陰六日，我們的探勘就得推延一年了。

我放棄描繪李登布洛克教授無能為力的憤懣。白天過去了，沒有陰影落在火山口底。漢斯沒有離開他的座位過，如果他會納悶的話，他應該在納罕我們究竟在等什麼。叔叔一次都不曾跟我搭話。他的目光總是轉向天空，望著它霧茫茫的灰色調出神。

二十六日，仍是一無斬獲。挾雪的雨下了一整天。漢斯用熔岩塊搭蓋一座小屋。我的目光緊盯著圓錐側邊上臨時匯集而成的數千道水瀑，竟然看出趣味來。水砸在石頭上，淅淅瀝瀝得加倍響亮。

叔叔再也按捺不住了。哪怕是最有耐性的人，都能讓這個情況惹惱，有道是爲山九仞，功虧一簣。

但是老天爺不斷交織著大悲大喜。李登布洛克教授現在多麼絕望煩愁，之後就會多麼心滿願足。

次日的天空依舊陰霾不開，但到了六月二十八日星期天，本月的倒數第三天，月球的變化帶來天氣的改變。太陽將日光一古腦兒地倒進火山口。每一座石堆，每一塊岩石、石頭，每一寸凹凸之處，都得以均霑膏潤，並立刻在地面上投下陰影。其中，斯卡塔里斯的陰影像個尖銳的山脊成形，開始難以察覺地轉向那光芒四射的天體。

叔叔跟著它轉。

在影子最短的中午時段，影子輕輕舔舐中央火山管的邊緣。

「在那裡！」教授歡呼。「在那裡！我們去地心！」他補上一句丹麥語。

我看著漢斯。

「佛羅特[3]！」我們的嚮導冷靜地說。

「向前走！」叔叔說道。

現在是下午一點十三分。

---

3 forut，意指前進。

17

眞正的旅程開始了。截至目前爲止，身心的勞苦遠多於環境的艱險，但是眞正困難的部分才正要誕生在我們的腳下。

我還沒敢往我即將墮入的深不可測的井裡瞧上一眼呢。時候到了。我還能決定是要硬著頭皮參與，或是拒絕犯難。但是我覺得在獵人面前怯步很可恥。漢斯如此心平氣和地接受冒險，如此的滿不在乎，赴險如夷，一想到比不上他的勇敢我就臉紅。如果只有我和叔叔兩人，我早就搬出一連串大道理，但是當著嚮導的面前，我一聲不吭。一部分思緒飛向我的維爾蘭佳人，向著中央火山管走過去。

我說過它的直徑大概有三十公尺，或者圓周有一百公尺。我在一塊凸出的岩石上方探出身子。我往下一望，頓時毛髮倒豎，整個人好像騰空起來。我感覺重心在我體內移位，暈眩感開始像醉意一樣，往我的頭漫升上來。最醉人的感覺莫過於深淵的吸引力，我就要掉下去了。我感到一隻手抓住我。是漢斯。我在哥本哈根救主堂的鳥瞰修業果然還不到家。

雖然我讓目光在這井裡冒險遊走的時間很短，我還是搞清楚了它的構造。管壁雖然幾呈筆直，凹凸不平之處卻數也數不清，應該方便我們攀援而下，可是就算有了階梯，還是缺了扶手。一條綁在管口的繩索確實足以支撐我們，可是等我們抵達火山管底部後，要怎麼解開它？

叔叔用了一個簡單至極的辦法解決了這個難題。他展開一綑近三公分粗、約一百三十公尺長的繩索，他先逐漸放出一半的繩子，把它繞在一大塊突出的熔岩上，再把另一半丟進火山管。我們每人把這兩半無法自行鬆開的繩索結合在手裡，縋繩而下。等到降至六十五公尺時，我們只要輕輕鬆鬆放掉一邊繩索，然後收回另外一邊就行了。之後再繼續如法炮製這個步驟。

「現在，」叔叔在完成準備工作之後說，「我們來整理行李吧。把東西分成三個包裹，我們每個人各綁一個在身上。我指的是那些易碎物品。」

教授那麼勇敢的一個人，自然不會把我們算在易碎品裡。

「漢斯，」他繼續說，「背工具和一部分的糧食；艾克賽，你負責另外那三分之一的糧食還有武器；我拿剩下的糧食和科學儀器。」

「可是，」我說「衣服還有這一大綑繩索和繩梯，誰來運下去？」

「它們會自己下去。」

「怎麼會？」我問。

「你看著吧。」

叔叔做事乾脆，毫不猶豫。漢斯依言把這些不怕摔的物品集合成一個包袱，牢牢地綁在繩索上，然後往深淵底隨意一扔。

我聽見響亮的破空聲。叔叔探出身子，很滿意地盯著行李下墜，一直到看不見它們了以後才直起腰。

「好，」他說，「現在輪到我們了。」

我想問問眞誠的各位，有沒有可能聽見這句話還不曉得要發抖的！

教授把科學儀器的包裹綁在背上，漢斯拿了裝工具的包袱，我則負責武器。我們順次而下：漢斯、叔叔和我。我們一路下來都默默無語，只有急遽墜落深淵的碎石偶爾擾動這片死寂。

我幾乎是順繩滑下去，一隻手死命抓住兩邊繩索，另一隻手用包鐵棍子用力撐住自己。我的腦子裡只有一個念頭：我怕沒有著力點。我覺得這根繩索要支撐三個人的體重好像太脆弱了一點，所以我盡可能不去依賴它，我的腳企圖像手一樣抓住凸出的熔岩，險伶伶地穩住自己。

漢斯腳下其中一塊滑溜溜的石階剛剛鬆動，我們聽見他鎮定的嗓音說：

我們順次而下。

「基法克特[1]！」

「小心！」叔叔複述。

半小時過去，我們來到一塊緊緊嵌入火山管壁的岩石表面上。

漢斯拉了拉繩索的其中一端，另一端飛升騰空，經過上方的岩石後墜落，沿途刮下石塊和熔岩塊，活像下了一陣雨，嚴格說不是雨，是砸中非死即傷的石雹。

我從這個狹窄的平臺上探出身子，發現仍不見洞底。

我們重施故計，半小時過後，我們又深入了六十五公尺。

我不知道那位最瘋狂的地質學家是否在縋繩而下的途中，試圖研究他周遭的地質形態。但就拿我來說吧，我壓根顧不了那麼多，管它是上新世、中新世、始新世、白堊紀、侏羅紀、三疊紀、二疊紀、石炭紀、泥盆紀、志留紀還是原始期，我都不在意。但是教授他鐵定在觀察或是做記錄，因爲他在其中一次暫停時告訴我：

「我越走越有信心，這個火山地層的排列絕對證明達維的理論是對的。我們正踩在原始地層上，這裡發生過金屬接觸空氣和水便燃燒的化學作用。我不相信地熱說，更何況，我們很快就知道了。」

---

1 gif akt，意指小心。

千篇一律的結論又來了。大家都知道我沒那個心情陪他打舌戰。我的沉默不語被當成了默認，我們又繼續下降。

三小時以後，火山管依然深不見底。我抬起頭，看見火山口明顯縮窄了。管壁因爲輕微傾斜的關係，逐漸靠攏，我們的四周慢慢黑了下來。

我們仍舊繼續縋繩而下。我覺得從岩壁脫落的石頭被吞沒的回音比較渾濁，應該是迅速觸底了。

由於我想到要記下繩索操作的確切次數，我可以精準算出我們下探的深度和花費的時間。

我們已經重複這個耗費半小時的動作十四次，等於七個小時，再加上十四次十五分鐘的休息（或三小時半），總共十小時三十分鐘。我們一點鐘出發，現在應該十一點了。

至於我們下探多少深度？我們每六十五公尺進行一次繩索操作，共操作了十四次，相乘結果是九百一十公尺。

這時漢斯的聲音傳來：

「黑特[2]！」他說。

---

2 halt，意爲停止。

我馬上停下來，腳差一點就踩上叔叔的頭。

「我們到了」叔叔說。

「哪裡？」我直直滑落到他身邊。

「火山管底。」

「所以沒有其他出路了嗎？」

「有，我隱隱看見一條斜往右邊的走道。我們明天再來看，現在先吃晚餐，然後睡個覺。」

天還沒有全暗下來。我們打開食物的袋子，吃完後盡可能在石塊和熔岩碎石的臥榻上睡個好覺。

我仰躺在地，睜著眼睛，注意到這條長達九百多公尺的管子形同一具碩大的望遠鏡，盡頭有一顆亮點。

那是一顆毫不閃爍的星星，據我推算，應該是小熊星座的北極二 β。

接下來，我酣然沉睡。

18

早上八點，一道日光射過來喚醒我們。熔岩壁上成千的剖面在日光流經時接了下來，然後讓日光灑落有如星光雨。

光線強烈到周遭事物都能看得分明。

「艾克賽，你覺得呢？」叔叔高喊，一邊搓著手。「你在我們國王街上的家，可曾度過比這更平靜的一夜？沒有車馬喧囂，沒有商販叫賣，也沒有船夫怒吼！」

「的確，這井底的確非常安靜，但是也靜得嚇人。」

「好啦，」叔叔喊道，「如果這樣就怕了，之後怎麼辦？我們連地心的皮毛都還沒到呢！」

「您說什麼？」

「我說我們只不過到達島的地面而已！這條通往斯奈佛斯火山口的垂直火山管差不多和海平面等高。」

「您確定嗎？」

「非常確定。看看氣壓計。」

的確，氣壓計裡的水銀隨著我們往下走慢慢上升，現在停在七百八十五毫米[1]的位置。

「你看見了吧，」教授繼續說，「我們現在大概還是一個大氣壓，但我很希望很快能用壓力計來取代氣壓計。」

的確，等空氣的重力超越海平面的氣壓，氣壓計就再也派不上用場了。

「可是，」我說，「壓力一直增加下去，不用擔心會很難受嗎？」

「不用。我們慢慢下去，讓我們的肺習慣吸入比較壓縮的空氣。那些飛行員升到高空的時候，最後都會缺氧，我們的話，可能是空氣過剩了吧。不過我比較喜歡這樣。別浪費時間了。比我們先到的包袱在哪裡？」

我記起我們前一晚怎麼找都找不到。叔叔問漢斯，後者用那雙獵人的眼睛專注地看了一遍以後，答道：

「德胡佩[2]！」

「上面！」

沒錯，包袱在我們頭頂上三十多公尺高之處，就掛在一塊凸出的岩石上。身手矯捷的

1在水銀氣壓計下，一大氣壓（海平面的大氣壓力）時水銀上升高度約等於七百六十毫米。

2der huppe，指上面。

冰島人隨即貓也似地爬上去，幾分鐘後，包袱就回到我們身邊了。

「現在來吃點東西吧，」叔叔說，「不過要吃多一點，似乎有一大段路要趕。」

幾口參有杜松子酒的水把乾糧和肉乾都灌下去。

餐畢，叔叔從口袋裡抽出一本專門記錄觀察結果的簿子，他接連拿起不同的科學儀器，記下以下資料：

七月一日星期一

時計：早上八點十七分

氣壓計：八百毫米

溫度計：六度

方位：東南東

最後一項觀察結果來自羅盤，指示出黑暗通道的方位。

「現在，艾克賽，」教授的聲音聽起來很熱烈，「我們就要真正深入地心了。我們旅程就從此刻開始。」

叔叔說完，一隻手拿起掛在脖子上的倫可夫照明儀器，另一隻手接通電流和燈籠裡的蛇形管，一道強光瞬間驅散了廊道裡的黑暗。

漢斯背起第二個倫可夫照明儀器，也接通了電。這個巧妙的電器發出來的人造日光，讓我們得以前進良久，就算身邊包圍著最易燃的氣體也無需擔心。

「上路了！」叔叔說。

每個人重新背起自己的包袱。漢斯帶頭，負責推纜繩和衣服的包裹，我排第三，魚貫進入通道。

在這條黝暗的通道即將吞沒我時，我仰起頭，最後一次透過這根寬廣的管子，看見這片「我也許再也見不到的」冰島天空。

一二二九年最後一次噴發時的熔岩闢出這條通道，在裡頭厚厚鋪上閃閃發亮的一層，燈光一照又明亮百倍。

走這條路的難處就在於別讓自己在一條傾斜大約四十五度的陡坡上滑得太快，幸好凹凸不平的地面可以代替階梯，我們只要一邊往下走，同時讓長繩子綁住的行李一路滑下去。

我們腳下這些台階到了其他岩壁上就成了鐘乳石，而某些地方的熔岩是有細孔的，呈現一些小小的圓泡。不透明的石英結晶綴有清澈的玻璃質水滴，宛如吊在拱頂上的水晶吊燈，似乎照亮了我們的前路。彷彿地底裡的精靈點亮他們的皇宮，迎接地上來的貴客。

「太美了！」我情不自禁喊了出來。「怎麼會有這麼漂亮的景觀啊，叔叔！您還喜歡熔岩從紅棕色漸次轉爲亮黃色的漸層色調嗎？這些看起來像發亮圓球的水晶呢？」

燈掛在一塊凸出的熔岩上。

「啊！你開竅了，艾克賽！」叔叔答道。「哈！你覺得這景觀壯麗，孩子！你還會再看到更多其他美景的，我希望！快走吧，走啊！」

他應該說「快滑吧」，因爲我們毫不費力地在斜坡上滑動。維吉爾說得好，「通往地獄之路十分好走[3]」。我頻頻查看羅盤，指針堅定不移地指著東南方，毫釐不失。這條熔岩通道絲毫不偏斜，猶如一條直線。

然而氣溫並未明顯升高，這表示達維的理論是對的，我再一次驚異地查看溫度計。出發至今兩小時了，溫度計仍舊標示著十度，也就是說增加了四度。我因此認爲我們較常水平發展而非垂直移動。至於要知道我們究竟走了多深，十分容易。教授很準確地測量過這條路的偏角和傾角，只是他把觀察結果留給了自己。

接近晚上八點，他發出停步的信號。漢斯立刻把燈掛在一塊凸出的熔岩上，一屁股坐了下來。我們來到一處類似洞穴的所在，裡頭一點都不缺空氣。反之，還有一些氣流頻頻吹到我們身邊來。它們的成因是什麼呢？源於什麼樣的大氣流動呢？目前我不打算解決這個問題，勞苦飢餓讓我無法思考。一連步行七個小時不可能沒有大量的體力消耗。我已

3 原文爲facilis descensus Averni，阿韋爾諾湖（Lake Avernus）位於義大利南部的坎佩尼亞（Campania），是火山口湖，傳說那裡是冥間的入口。

形疲神困，所以樂得聽見「停」這個字。漢斯在一塊熔岩上攤開食物，每個人都吃得津津有味。然而，我擔心一件事情：我們的儲水已經喝掉一半了。叔叔打算靠地底泉水裝滿水壺，但是直到現在，根本沒有水的蹤影。我無法不去吸引他對這個問題的注意。

「這裡沒有水，你覺得奇怪嗎？」他說。

「那當然，我甚至開始擔心了。我們只剩下五天的水了！」

「冷靜一點，艾克賽，我告訴你我們會找到水的，而且比我們想要的還多。」

「什麼時候？」

「等我們離開這個裹著熔岩的地方，不然泉水怎麼從這些岩壁裡冒出來？」

「可是也許這條熔岩通道很深呢？我覺得我們好像還沒有走很多垂直的路？」

「誰讓你這麼想的？」

「如果我們已經深入地殼內部的話，應該會比較熱。」

「這是根據你的理論，」叔叔答道。「溫度計怎麼說的？」

「差不多十五度，也就是說從我們出發到現在只升高了九度。」

「所以你的結論呢？」

「根據精確的觀察報告，地球內部的氣溫約每三十公尺升高一度，但是這會因地而異。比如在西伯利亞的雅庫茨克[4]，我們觀察到每十二公尺就會升高一度。這個差異顯然取決於岩石的傳導性。我再補充一點，在鄰近死火山的地方，透過片麻岩，氣溫要一直到四十公尺才升高一度。所以我們拿後面這個比較符合我們狀況的例子來算一下。」

「你算吧，孩子。」

「那還不簡單？」我在我的本子上寫下幾個數字。「九乘以四十公尺等於三百六十公尺深。」

「算得沒錯。」

「所以？」

「你算得沒錯，但根據我的觀察測量，我們其實已經到海平面三千公尺以下了。」

「怎麼可能？」

「是的，在這裡數字已經沒有什麼意義了！」

教授的計算是正確的。蒂羅爾[5]的基茨巴爾礦區和波西米亞的符騰堡礦區是人類目前到地表以下最深的地方，而我們還足足比其多往下了兩千公尺。

此地的溫度理應是八十一度，但實際卻不到十五度。這一點格外值得思考。

4 雅庫茨克（Yakutsk）是俄羅斯薩哈共和國（Sakha）的首都。

5 蒂羅爾（Tyrol）是歐洲中部的地區，分屬義大利與奧地利所有。

19

次晨，六月三十日星期二，早上六點，我們又開始往下走。

我們依然沿著熔岩通道這天然斜坡走，坡度就跟那些還能在老屋子裡見到，用來取代樓梯的傾斜平面一樣緩。就這樣走到了十二點十七分，這是我們趕上剛剛止步的漢斯的確切時刻。

「啊！」叔叔喊道，「我們來到火山管的盡頭了！」

我環顧四周。我們站在一個十字路口中央，兩條又暗又窄的地道通到這個路口來。該走哪一條路才對？這是個難題。

叔叔不想在我或是嚮導面前顯得猶豫不決，手指東邊那條地道，不多時，我們三人便深入這條地道中。

何況面對著兩條路，猶豫下去只會沒完沒了，因爲根本沒有線索可以確定該選哪一條，只得憑空瞎猜。

這條地道的坡度不太感覺得出來，每段路的變化很大。有時我們的前方是銜尾相連的拱頂，彷彿我們正行經一座哥德式教堂的側殿。這裡可以找到這種以尖形拱肋做支撐骨架的宗教建築的任何形式，中世紀的藝匠眞應該來這裡觀摩觀摩。再往前走兩公里，我們在羅馬風格較扁平的半圓拱頂下低著頭，嵌入岩體的粗巨石柱在拱心石下屈折。到了某處，這種佈局讓位給有如河狸傑作的低矮地基，這時我們只得邊爬邊滑，穿越狹長的坑道。

通道裡的熱度還維持在承受得了的氣溫上。我不自覺地想著，當斯奈佛斯吐出來的熔岩從這條今天如此安靜的通道疾奔出去的時候，氣溫該有多高。我想像源源不絕的火焰撞上通道的各個角落，迸裂成細碎的火星，還有過熱的蒸氣積聚在這個方寸之地裡！

「我只求這座老火山別開我們的玩笑，在沉睡了這麼多年之後醒過來！」我心想。

我沒有把這些念頭傳達給叔叔知道，他不會懂的。他全心全意只想往前走。他一步一滑，甚至連翻帶滾，我不得不說其志可嘉。

晚上六點，走了一段不怎麼累人的路之後，我們又往南邁進了八公里，但是深度卻勉強只有半公里。

叔叔發出休息的信號。我們飯間交談不多，之後也未多加思索，倒地便睡。

我們過夜的安排非常簡單：旅行睡袋就是我們的床舖。我們既不必怕冷，也不用害怕不速之客。深入非洲沙漠跟新世界叢林裡的旅人都被迫輪流守夜，但是我們在這裡遺世獨立，安全無虞。用不著畏懼野人或是猛獸前來加害。

我們在次晨醒來，神清氣爽，精神飽滿。重新上路了。我們跟前一天一樣循著熔岩路

我們的前方是銜尾相連的拱頂。

走。不可能辨認這條通道所穿越的地質形態。地道並非深入地球內部，而是漸趨水平，我想我甚至還注意到它往上升。接近早上十點的時候，上坡地勢變得如此明顯，我不得不放慢我的步伐。

「怎麼樣，艾克賽？」教授不耐煩地說。

「我撐不下去了，」我答道。

「什麼？我們才走三個小時，而且路那麼好走！」

「路是不難走，只是走起來很累。」

「怎麼會？我們只要往下走就好了！」

「恕我直言，是往上走。」

「往上？」叔叔聳了聳肩。

「沒錯。半小時以來坡度就變了，再繼續這樣子走下去，我們準會回到冰島陸地上。」

教授像個不願被說服的人那樣搖搖頭。我還想繼續說，他卻不理不睬，示意出發。我很清楚他沉默不語只是爲了壓抑壞心情而已。

然而我勇敢地背起我的負荷，急忙跟上漢斯，叔叔都已經趕到他前面去了。我執意不要落後太多，我現下最擔心的事，就是失去同伴的蹤影。一想到在這錯綜複雜的地底下迷路，我就格格打顫。

再說，路縱然漸走漸高，愈來愈難行，但是我安慰自己，這樣走下去，我就離地表愈來愈近了。每走一步，我的希望就更擴大一分，想到和我的歌洛白相逢我就心情愉快。

中午，通道岩壁的外觀變了。我發覺燈光照在厚壁上的反光變暗了，原本壁上覆蓋著熔岩，這會兒換上光溜溜的裸岩。這些岩石有傾斜且經常呈垂直狀的層理。我們正在過渡期，到了志留紀[1]！

「這些片岩、石灰岩和砂岩，」我喊道，「很顯然是水的沉積物在地球的第二紀形成的！我們現在背對著花崗岩岩體！我們就像取道漢諾威去呂貝克的漢堡人[2]。」

我應該把我的觀察結果留給自己就好，但是我的地質學家本性勝過謹言愼行，所以叔叔聽見我在大呼小叫。

「你又怎麼了？」他問。

「看哪！」我把相繼出現的砂岩、石灰岩還有剛出現跡象的板岩地層指給他看。

「所以呢？」

1原書註：因爲志留紀的地形廣布英國某些克爾特的志留族（Silures）昔日居住過的地區。
2呂貝克位於漢堡東北方，漢諾威則位於漢堡南方。

「我們來到出現第一批動植物的時期了！」

「啊！你這樣想？」

「不信您自己看嘛！去檢查、觀察啊！」

我強迫教授沿著岩壁移動他的燈。我等著聽他驚叫，誰知道他根本半聲不吭，繼續走他的路。

他有沒有聽懂我說的話？難道他顧及身爲叔父以及學者的自尊心，不想承認他錯選了東邊這條通道？還是他一心要把這條通道勘查到底？我們擺明就已經離開熔岩路，現在走的這條根本無法帶我們到斯奈佛斯的爐心去。

然而，我自問我是否過度看重地質形態的改變。我會不會搞錯了？我們眞的在穿越和花崗岩岩體重疊的地層嗎？

「如果我是對的，」我暗忖，「我得找幾個原始植物的化石殘骸當作證據。快點找一找。」

我還走不到一百步，眼前就出現一些確鑿的證據。這應該就是了，因爲志留紀的海洋藏有超過一千五百種的動植物。我習慣堅硬的熔岩地面的雙腿，冷不防踩在植物和貝殼的化石殘骸的塵埃上，而墨角藻和石松的印記在岩壁上分明可見。教授不可能搞錯，但是我想他閉著眼睛，繼續踏著堅定不移的步伐趕他的路。

簡直是茅坑裡的石頭！我忍無可忍，撿起一個保存完善的貝殼，它曾經屬於大約類似今日的潮蟲的動物所有，我跟上叔叔，對他說：

「您看！」

「這個，」他平靜地回答，「是甲殼亞門動物的貝殼，屬於三葉蟲一種已經滅絕的目，如此而已。」

「難道您不因此推斷出——」

「你已經得出的結論嗎？有。我清楚得很。我們離開花崗岩層和熔岩路了。我有可能搞錯，但是我只有在抵達這條通道的盡頭，才能確定我的過錯。」

「您這麼做是對的，叔叔，如果我們不必擔心一個越來越急迫的危機的話，我絕對會舉雙手贊同您。」

「什麼危機？」

「缺水。」

「那我們就限水吧，艾克賽。」

20

的確，我們必須節約用水。我們的儲水無法持續三天以上，這是我在晚餐時候意識到的。而且最惱人的，是要在過渡時期的地層裡找到活水，希望渺茫。

次日一整天，通道裡的拱頂繼續在我們前面延伸，沒個止境。我們一路上幾乎沒有開口。漢斯的沉默感染了我們。

路面並不上升，至少感覺不出來。有時候它甚至似乎在傾斜。但是這個趨勢不太明顯，應該無法讓教授安心，因爲地質形態與之前無二，過渡期的特色益發歷歷可辨。

燈光映得岩壁上的片岩、石灰岩和古老的紅色砂岩流光豔豔，我們還以爲身在得文郡的露天地塹裡呢，這個地質時期的名稱恰巧就是取自此郡的名字[1]。各種瑰麗的大理石覆蓋著厚壁，有一些呈瑪瑙灰色，夾雜著顯眼的不規則白色紋理，其他則是草莓色，或是摻有紅斑的黃色。更遠之處還有深色的紅紋大理石，混雜其中的石灰岩色調鮮豔，醒目極了。

大部分的大理石上面都有原始動物的印記，但是自從前一天起，出現了顯著的進化。

1 泥盆紀（Devonian period）的名稱源自得文郡（Devonshire）。

我看見的不再是原生的三葉蟲，而是更加完美的目，當中有硬鱗魚和蜥鰭目爬蟲，古生物學家一眼就能從這些動物身上看出爬蟲類最初的形體。泥盆紀的海洋裡住著爲數眾多的這些物種，海洋把成千上萬的這些物種沉積在這些新形成的岩石上。

很顯然我們正在上溯生命進化這把梯子，而人類就占據梯子的頂端。但是李登布洛克教授看似沒有留心。

他等著兩件事：要不我們的腳下突然開了一口井出來，讓他能重新往下走，要不就是出現一道障礙擋住他的去路。但是都晚上了，他的期待仍是沒有實現。

星期五，經過開始感覺焦渴難熬的一夜，我們這一小群人再度深入曲折迂迴的通道。經過十小時步行之後，我注意到電燈照在岩壁上的反光大幅減弱。一層灰黯無光的表面取代了大理石、片岩、石灰岩、砂岩。地道有一刻縮得非常狹窄，我靠在岩壁上。

我抽走手的時候，發現它黑溜溜的。我再湊近一點看。我們正在煤礦當中。

「煤礦！」我喊道。

「但是沒有礦工。」叔叔回答。

「咦，誰知道呢？」

「我知道，」教授答得很斬截，「我還很確定這條從煤礦地層中鑿造出來的通道，不是出自人類之手。但我不在乎這是不是大自然的傑作，晚餐的時間到了，先吃吧。」

「煤礦！」我喊道。

漢斯準備了一些食物。我幾乎沒吃，我喝了幾滴配給的水。嚮導那兒的水還剩下半壺，這就是僅剩給三個大男人止渴的水量。

我那兩個同伴用過餐後，躺在睡袋裡，在睡眠裡找到消除疲勞的解藥。我則睡不著，數著時間直到天明。

星期六早上六點，我們重新上路。二十分鐘後，我們來到一座寬闊的洞窟，我承認人類的手是掘不出這個煤礦來的，否則拱頂會有支柱支撐，但此處的拱頂確是單靠奇蹟也似的平衡力維持著。

這個洞窟般的所在寬約三十公尺，高約五十公尺。地震曾經劇烈地分開這裡的地層。岩體因爲某次強大的推擠而讓步解體，留下這個大缺口，這是首度有地上的居民進入這個缺口。

煤礦時期的整段歷史都寫在這些深色的岩壁上，地質學家能輕易追蹤各個不同的階段。煤層上有沉積的砂岩或黏土層理，看起來就好像被上面的岩層壓扁似的。

在第二紀之前的這個時期，因爲酷熱高溫和經年不退的濕氣的雙重效應，廣大無邊的植物覆蓋著地表。大氣從四面八方籠罩地球，偷走它的太陽光。

由此可知，地球的高溫並不源自太陽。太陽甚至很可能還沒準備好要扮演它發光的角色。當時「氣候」還不存在，一股炎酷熱氣蔓延到地球的整個地表，也包括了赤道和兩極。那麼這熱氣是哪裡來的呢？當然是地心。

無論李登布洛克教授的理論怎麼說，一股焦金流石的熱能潛伏在地球內部，就連地殼的最後一層都能感覺到它在活動。植物被剝奪了有益的陽光，既開不出花也散發不了香氣，但是它們的根在原始期的滾燙大地裡汲取到強大的生命力。樹很少，只有草本植物，廣大的草皮、蕨類、石松、封印木、蘆木，這些今日罕見的科在當時滿坑滿谷。

而這個煤礦正是植物繁茂時期的產物。地球有彈性的地殼隨著它所覆蓋的大片岩漿流動，因此形成了無數的裂縫和沉陷。被拖進水裡的植物逐漸形成許多龐大的巨堆。

這時發生了自然化學作用，在海底的大批植物首先變成泥炭，接著，受惠於氣體以及加熱分解的影響，完全變成礦物。這廣大的煤層就是這樣形成的，然而若是工業化社會的人留意到它的話，不必三百年就會被濫用殆盡。

在我細細打量堆積在這部分岩體的豐富煤礦時，腦子裡轉著這些念頭。這些煤一定永遠也不會被發現的。要開採這麼偏遠的礦坑，犧牲太大了。更何況，煤礦幾乎廣佈在地表上的眾多地區，開採這個煤礦還有什麼意思呢？我看著未受破壞的煤層，當世界末日的鐘聲響起，它將依然萬古如恆。

我們繼續走著，同伴中只有我忘記這條路有多長，在種種設想中失了神。氣溫明顯維持不變，和之前走在熔岩和片岩之間時一樣，只是有一股濃烈的甲烷氣味嗆得我鼻子難受。我立刻認出地道裡有大量這種礦工稱爲沼氣的危險氣體，它造成的氣爆經常釀成巨災大禍。

幸好我們是依靠倫可夫的神妙儀器來照明的。萬一我們不幸手持火把前來勘測這條地道，就會引發嚴重的氣爆，把旅人轟個血肉横飛，這趟旅程也就結束了。

這場煤礦中的郊遊持續到晚上。叔叔幾乎不去壓抑他對這條水平路有多麼不耐煩。我們前方二十步的深處總是一片黑乎，阻撓我們估計通道的長度，就在我開始相信它是沒有盡頭的時候，突然間，在六點鐘的時候，我們意外迎上一堵牆。上、下、左、右都無路可循。我們來到死胡同的盡頭了。

「啊！幸好！」叔叔高聲說道，「我至少知道自己在堅持什麼了。我們不在薩克努森的路上，現在只好往回走了。先休息一晚，用不了三天，我們就會回到交叉口了。」

「對，」我說，「如果我們還有力氣的話！」

「爲什麼沒有？」

「因爲，明天就會滴水不剩了。」

「那勇氣也一絲不剩了嗎？」教授用嚴厲的眼神看著我說。

我噤口不語。

21

我們翌日一大清早就出發。必須搶時間。我們離交叉口還有五天的路要趕。

我就不強調我們回程受到的苦難了。叔叔因爲覺得自己並非無所不能，一路上氣呼呼的；漢斯心平靜氣，聽天由命；我呢，我承認，滿肚子怪怨，意懶心灰。我就是沒辦法處於困境還能甘之如飴。

正如我所預料，水在走完第一天時就喝光了。我們的飲料只剩下杜松子酒，但是這個惡毒的酒精燃燒我的喉嚨，我甚至受不了看見它。我覺得悶熱，周身疲軟無力。我又差一點倒地不起，動彈不得。於是我們暫停一會兒，叔叔或漢斯盡可能幫我打氣。但是我看得出來，叔叔自己也在辛苦忍耐疲勞和乾渴的煎熬了。

終於，我們在七月八日星期二，一路跪爬回到兩條通道的交叉口。我們已經半死不活了。我像一塊石頭，躺在熔岩地面上。那時是早上十點。

漢斯和叔叔背靠在岩壁上，試圖咬幾塊乾糧。我腫脹的雙唇間逸出悠長的呻吟，陷入昏昏欲睡的狀態中。

過了一段時間，叔叔靠過來，把我扶進他的懷裡。

「可憐的孩子！」他輕聲說道，聲音裡充滿了憐惜。

我。他的眼睛濕潤。

平時兇惡慣了的教授罕見地流露溫情，讓我深受感動。他任我握住他顫抖的手，望著

我眼愣愣地看著他拿起背在身側的水壺，把水壺湊近我的雙唇。

「喝吧，」他說。

我有沒有聽錯？叔叔瘋了不成？我愣眼巴睜地看著他，不想弄明白。

「喝啊，」他又說。

他舉起水壺，一古腦兒把水往我的唇間倒。

噢！眞是說不出的舒暢！一口水濡濕了我著火的嘴巴，就這麼一口而已，但是足以將溜走的生命再次召回我體內。

我謝過叔叔，雙手緊握他的手。

「是的，」他說，「一口水！最後一口！你聽到了嗎？這是最後一口！我把它寶貴地留在壺底。二十次、一百次，我不得不抵抗想喝掉它的迫切欲望！不過我沒喝，艾克賽，我是爲你保留的。」

「叔叔！」我輕喚道，豆大的淚珠濕潤我的雙眼。

「是的，親愛的孩子，我知道你來到交叉口後就會不支倒下，我保留最後幾滴水就是

他舉起水壺，一古腦兒把水往我的唇間倒。

爲了要幫助你恢復體力。」

「謝謝！謝謝！」我喊道。

我的乾渴只解除了一星半點，我卻找回了一點力氣。直到剛才都還緊縮著的喉嚨肌肉放了鬆，發炎的雙唇也舒緩許多，我總算能說話了。

「來吧，」我說，「我們現在只能下一個決定。既然沒水，我們只好回頭了。」

我說話的時候，叔叔都不肯看我。他低著頭，避開我的眼睛。

「我們必須回去才行，」我大喊，「走斯奈佛斯那條路。願上帝賜我們力量，讓我們爬回火山口頂！」

「回去？」叔叔回應我，其實更像自言自語。

「對，回去，而且連一分鐘都不能浪費。」

此時出現好一陣子的靜默。

「所以，艾克賽，」教授說話的語調很奇怪，「這幾滴水沒有把勇氣和力量還給你嗎？」

「勇氣！」

「我看你就跟之前一樣洩氣，還在講喪氣話！」

我眼前這個人是何方神聖？他那顆無畏的腦袋裡又在打什麼主意？

「什麼？您不回去嗎？」

「在我們勝利在望的當頭放棄？絕不！」

「那麼就得等死嗎？」

「不，艾克賽，不！你走吧！我不要你死！讓漢斯陪你一起，留下我吧！」

「您要我拋下您？」

「我叫你別管我！我已經開始這趟旅行，就要貫徹始終，不然我不會回頭。你走吧，艾克賽，走啊！」

叔叔的口氣激昂了起來。他有一刻放柔了的聲音又變得強硬威迫。他要以那致他死命的精力，繼續無謂的抵抗！我不忍心把他一個人丟在地底下，可是另一方面，自衛的本能又催我一走了之。

我們的嚮導以一貫的漠然旁觀這一幕，不過他明白他的兩名同伴間發生什麼事。我們的舉動足以顯示我們各執己見，企圖說動對方聽從，但是漢斯似乎不太在意他的生死也被牽涉在內，如果有人發出啓程的信號，他已準備好要出發，他的主子若有半點意思，那他也準備好要留下。

這一刻我多麼希望能讓他明白啊！我說的話，我的呻吟，我的口氣，應該能打動這冷面冷心的人啊！那些漢斯似乎沒有預測到的危險，我都會讓他明白，讓他看清事實。我們兩個合力也許可以說服頑固的教授。如有必要，我們會強迫他回到斯奈佛斯的高峰去！

我走近漢斯，把手放在他的手上。他沒有移動。我指火山口的路給他看，他依舊不動如山。我喘吁吁的模樣說明了我吃足苦頭，可是冰島人輕輕搖搖頭，平心定氣地指著叔叔，說：

「主人。」

「主人！」我喊道，「你瘋了！不是，他不能主宰你的生命！我們得逃跑才對！還要拉著他一起！你聽見我說的話了嗎？你懂嗎？」

我抓住漢斯的手臂，我想要強迫他站起來，雙雙扭在一起。叔叔出面制止了。

「冷靜一下，艾克賽，」他說。「你從這位無動於衷的嚮導身上是得不到支持的，還是聽一聽我的提議吧。」

我雙臂盤胸，定睛望著叔叔。

「缺水，」他說，「是實現我的計畫唯一的障礙。在這條以熔岩、片岩、煤礦組成的東邊通道裡，我們一滴水也沒有碰上。我們走西邊這條很可能會幸運一點。」

我搖搖頭，一副打死我也不相信的模樣。

「聽我把話說完，」叔叔拔高了嗓門，繼續說下去。「你躺在那裡一動也不動的時候，我去探查過這條地道的構造。它直接深入地心，用不著幾個小時，它就會帶著我們到花崗岩層，到時候我們應該會遇上豐沛的泉水。岩石的性質讓我這麼確定的，而且我的直覺和邏輯都支持我的信念。我的提議是這樣的。哥倫布要求他的船員給他三天找到新大陸，他那些船員病的病，怕的怕，卻都答應了他的要求，然後他發現新大陸了。我，就像地底世界裡的哥倫布，我只要求你再給我一天的時間。要是過了這一天，我還是沒找到我們缺的水的話，我跟你發誓，我們就回地面上去。」

我雖然聽得直來氣，但他的這番話以及他說話時的霸氣仍是打動了我。

「好吧！」我喊道，「就照您的意思吧，願上帝獎賞您那過人的精力。您只剩幾個鐘頭的時間碰您的運氣了，上路吧！」

22

我們這回從另一條地道重新開始。漢斯依然如故，走在前頭。我們還沒走一百步，持燈沿著厚壁探照的教授就高聲嚷道：

「這是原始期的地層！我們走對路了！繼續走！繼續走！」

地球在誕生初期逐步冷卻的時候體積縮小，使地殼出現位移、斷裂、收縮、裂開的現象。現在這條走道就是如此形成的裂縫，昔日火山噴發的時候，花崗岩正是經由這條裂縫傾瀉而出。它的千迴百折形成錯綜複雜的迷宮，穿越過整個原始地層。

我們越往下走，組成原始期地層的一連串岩層也愈顯清晰。地質學將這原始期地層視爲礦物層的基礎，並確認它是由三種不同的岩層組成：片岩、片麻岩、雲母片岩，全都立於這塊人稱花崗岩的傲然基岩上。

從來沒有礦物學家有過如此萬世一時的好境遇，能親歷情境，研究大自然。探測器這種笨拙又粗暴的機器所不能帶回地球表面的內部組織，我們將能親眼研究，親手觸摸。

呈漂亮綠色調的片岩上，有摻雜些許白金和黃金痕跡的銅、錳礦物蜿蜒而過。我想著這些珍寶深埋於地球深處，而貪婪的人類永遠也無福享用！地球誕生初期的動盪把這些寶物埋藏在如此深邃之處，無論是鶴嘴鋤還是十字鎬都無法將它們從自己的壙穴裡挖出來。緊隨片岩而來的，是擁有水成岩結構的片麻岩，它們平行的紋層井井有理，相當惹眼。然後是呈大形薄片的雲母片岩，因爲白雲母的閃動，憬然赴目。

倫可夫照明儀器的光線在岩塊數千個小剖面折射下，光芒往四面八方縱橫交錯，我想像自己正在一顆中空鑽石內漫遊，在這顆鑽石裡，光線破碎成上千個耀眼奪目的光點。

接近晚上六點，這場光之宴意外地明顯黯淡下來，幾乎休止。岩壁開始出現結晶模樣，但是顏色很深。雲母與長石、石英更加緊密地混合，形成一種最堅硬的卓越岩石，支撐起地球的四種地層也未被壓垮。我們被圍困在寬廣的花崗岩牢獄裡。

到了晚上八點，依然沒有水。我焦渴難耐。叔叔走在前面。他不要停下來。他放尖耳朵，想截取某個潺潺水聲。但是什麼都沒有！

我的腿已經載不動我了，但是我不願強迫叔叔暫停，硬是強忍了下來。那對他將是致命的一擊，因爲這一天快結束了，屬於他的最後一天。

最後我的力氣終於用盡。我慘叫一聲後，頹然倒下。

「救我！我快死了！」

叔叔掉頭。他雙臂盤胸，望著我，然後低喃著：

「全都完了！」

光芒往四面八方縱橫交錯

我最後看見的畫面是叔叔氣狠狠地怒揮了一拳，然後我閉上雙眼。

等我再度睜開眼睛的時候，看見我的兩名同伴動也不動，在他們的被褥裡縮作一團。他們在睡覺嗎？至於我，則一刻無法安睡。我生不如死，尤其是想到我的痛苦恐怕無藥可解。叔叔最後說的那句話在我耳邊迴盪，「全都完了！」，因爲我的身體狀況這麼虛弱，甚至休想再重回地球表面。地殼有十公里厚哪！

我覺得這一整塊花崗岩的全部重量都壓在我的肩膀上。我感覺自己被強壓住，得使出吃奶的力氣才能在花崗岩臥榻上翻身。

過了幾個小時，四下一片死靜，宛如置身墓園。厚壁另一頭也悄靜無聲，畢竟厚壁中最薄的地方也有十公里那麼厚。

然而，寤寐之間，我想我聽見了一些異響。通道裡漆黑一團。我凝神細瞧，似乎看見冰島人手提著燈消失不見。

漢斯爲什麼要離開？他要拋下我們嗎？叔叔還在睡。我想大叫，我的聲音在乾燥的雙唇中找不到出口。黑暗益加深濃，天地復歸於闃靜。

「漢斯丟下我們了！」我叫道。「漢斯！漢斯！」

這些話，我吶喊在心底，無法傳得更遠。然而，經過第一時間的恐慌之後，我爲自己懷疑一位直到目前爲止行事光明的男人而感到羞恥。他離開不會是爲了逃命。他不是沿著通道往上走，而是往下。他如果存心不良就會往上走，而不會往下了。這麼一推想，我便鎮定了一些，換個角度看待這件事。漢斯這個人心平靜氣，只有天大的理由才能讓他放棄休息。所以他是去探索什麼東西的囉？他在寧靜的夜裡，聽到某個沒有傳進我耳裡的細微聲音嗎？

23

整整一個小時，我發狂的腦子想像各種能讓這位冷靜的獵人採取行動的原因。最荒謬的理由在我腦裡糾纏不清，就快把我逼瘋了！

終於，一陣腳步聲從深處傳來。漢斯又爬上來了。搖曳不定的燈光開始在岩壁上滑動，接著燈光在走道狹窄的開口倏地大放光明。漢斯出現了。

他走近叔叔，把手搭在叔叔肩膀上，輕輕搖醒他。叔叔直起身。

「怎麼了？」他問。

「曼騰[1]。」獵人答道。

看來在不生不死的刺激之下，人人都能變語言天才。丹麥語我一字不識，卻能依靠直覺聽懂嚮導說的話。

「水！有水！」我鼓掌叫好，像個瘋子一樣手舞足蹈。

「有水！」叔叔複述了一遍。「赫維爾[2]？」他問冰島人。

1 vatten，意指水。
2 hvar，意指在哪裡。

「奈代特[3]。」漢斯答道。

在哪裡？下面！我全都聽懂了！我抓住獵人的手，用力地捏了捏，他則是冷靜地回望我。

啓程的準備工作沒有花很久時間，很快地，我們就走下一條坡度高達百分之三十三的地道。一小時後，我們已經前進大約兩公里，往下深入約六百五十公尺。此時，我們清楚聽見花崗岩壁側邊裡傳出異響，一種低低的轟鳴聲，像遠方的悶雷。我們繼續走了半小時，仍是沒有碰上漢斯說的泉水，我心裡又開始焦慮，但這時叔叔告訴我聲音的來源。

「漢斯沒有聽錯，」他說，「你聽到的那個聲音是一條激流的轟鳴聲。」

「激流？」

「不錯，我們周圍有一條地底河流在流動。」

我們加快腳步，因爲期待而亢奮。我再也感覺不到疲累，光聽見這個淙淙水聲我就已經覺得精神暢爽了。激流長久懸在我們的頭頂上，現在在左邊岩壁裡轟轟奔流，蹦蹦跳跳。我的手頻頻撫過岩石，期待找到滲水或潮濕的痕跡，但是一無所獲。

又半小時過去了。我們又走完一公里路。

---

3 nedat，意指在下面。

顯然獵人在他離開的那段時間裡，最多也只找到這裡。受到山民以及探水人特有的直覺引領，他透過岩石「感覺到」這條激流，但是他一定沒有見到這珍貴的泉水，也沒有在那裡解渴過。

不多時，水聲甚至愈來愈弱了，如果我們繼續走，鐵定會離這條激流愈來愈遠。於是我們掉頭。漢斯在一處駐足，似乎是激流最靠近的地方。

我坐在靠近厚壁的地方，水在離我兩步遠的地方洶湧澎湃，汩汩流動，但是我們之間隔著一道花崗岩壁。

我不去動腦筋，看看是不是有什麼方法可以取得水，我第一時間就自暴自棄了。

漢斯看著我，而我想我看見他的唇間浮現一抹微笑。

他站起來，拿走燈。我跟著他。我看著他走向那道厚壁，看他把耳朵貼在乾燥的石頭上慢慢移動，凝神諦聽。我懂了，他是在找水聲聽起來最響亮的那個地方。而那個地方，他在左側岩壁、離地面一公尺左右的上方找到了。

我心潮澎湃，根本不敢去猜他要做什麼！但是我見他抓起十字鎬，刨起岩石來，我就不得不理解他的用意，爲他鼓掌，拍他以示鼓勵。

「得救了！」我喊道。

「對，」叔叔也興高采烈地附和，「漢斯幹得好！啊！勇敢的獵人！我們絕對想不到的！」這我相信！方法雖然很簡單，我們卻連想都沒想過，因爲最危險的事，莫過於挖掘地球的構架。要是造成坍塌，我們全都會被壓死！若是激流衝破岩壁迸出，會把我們捲跑的！這些危險絕對不是捕風捉影，只是當時就算害怕坍塌或水災，我們也不會停下來，我們是這樣焦渴難耐，只要能解渴，我們連海床都敢挖。

漢斯開始幹活，無論叔叔還是我，都無法完成這件差事。岩石在我們操之過急的雙手緊促的連擊下，變成碎片迸飛。然而我們的嚮導不同，他冷靜自持，一下一下地，逐漸磨出一道三十多公分寬的開口。激流的聲音漸喧，我已經模模糊糊感覺到有如甘霖的水濺在我的嘴唇上了。

不消多久，十字鎬敬深入花崗岩壁六十多公分了，這工作已經持續一個小時以上。我心急得扭來扭去！叔叔想上前幫忙，已經抄起他的十字鎬，我攔也攔不住，這時一陣嘯音倏地傳來。一道水柱破壁而出，砸碎在對面岩壁上。

漢斯幾乎被水的勁道撞翻，忍不住叫疼。我知道爲什麼，因爲我的手伸進水柱時，也輪到我慘呼一聲。

這泉水是滾燙的！

「這水有一百度！」我喊道。

「唉，反正會冷卻嘛，」叔叔答道。

一道水柱破壁而出

走道裡頓時氤氳蒸騰，這時水形成一道小溪，就要隨著地道蜿蜒而去。我們立刻喝下我們久違的第一口水。

啊！這是何等的享受啊！通體舒暢！這是什麼水？來自何方呢？管它的，水就是水，而且雖然還是熱的，卻把快要溜逝的生氣送回我們的心中。我不斷地喝，甚至不去嘗它的滋味。

我暢飲了一分鐘之後才喊道：

「這水含鐵！」

「有健胃功效，」叔叔回應，「而且礦物含量很高！我們這趟旅行就跟去斯帕或托普利茨[4]一樣好！」

「啊！真好喝！」

「這我相信，畢竟是從地底下八公里的地方冒出來的水嘛！味道有點像墨汁，但是不難喝。這可是漢斯幫我們鑿出來的泉水哦，所以我提議用他的名字替這條有益身心的溪流命名。」

「好！」我喝道。

4比利時的斯帕（Spa）和位於今日捷克共和國內的托普利茨（T.plitz）都是水療聖地。

「漢斯溪」的名稱很快就被採用了。

漢斯並未面露驕色，稍事清涼後，他靠背坐在角落裡，還是一貫晏然。

「現在，」我說，「不能讓水就這麼白白流掉。」

「何必擔心呢？」叔叔答道，「我想源頭不會枯竭的。」

「無所謂！我們把羊皮袋和水壺裝滿，然後試著把洞堵起來吧。」

我的建議被遵從了。漢斯試圖利用花崗岩碎片和廢痲塞住岩壁上的洞口。可別小看這件事，我們的手都燒傷了，還是辦不到。水壓太大了，我們只是白費功夫。

「從水柱的力道看來，」我說，「這條水流的源頭顯然極高。」

「沒什麼好奇怪的，」叔叔回應道，「如果這道水柱有一萬公尺高的話，裡頭就有一千個大氣壓。不過我想到一個主意。」

「什麼主意？」

「我們何必那麼大費周章去堵住這個孔呢？」

「還、還不是因爲……」

我狼狽不知所對。

「等我們的水壺空了，我們能保證找得到水來裝滿嗎？」

「不能，當然不行。」

「那就讓水繼續流吧！它自然而然會往下流，不只在路上可以靠它解渴，還能幫我們帶路呢！」

「這眞是個好主意！」我喊道，「而且有這條小溪當夥伴，我們的計畫再也沒有理由失敗了。」

「啊！你開始進入狀況了，孩子。」教授笑著說。

「我不只開始進入狀況而已，我已經在狀況裡了。」

「等一等！我們先休息幾個鐘頭吧。」

我眞的忘記現在是晚上了。時計告訴我時間。要不了多久，我們吃飽喝足，沉沉睡去。

24

隔日，我們已經忘記了之前的痛苦。我一開始先是驚訝於乾渴全消，一時還不知道是怎麼回事。而在我們腳邊流動呢喃的小溪聲音回答了我。

我們吃完早餐，再飲用含鐵的頂級泉水。我感覺精神抖擻，決定今天要走遠一些。有一個漢斯這樣能幹的嚮導，還有我這樣「果決」的姪兒，爲什麼叔叔那樣成竹在胸的人不會成功呢？我現在滿腦子這種正面向上的念頭，要是有人提議我再登上斯奈佛斯山頂，我鐵定會憤而拒絕。

所幸只是下去的問題。

「出發吧！」我朗聲說道，我豪情萬丈的語調喚醒地球沉睡萬年的回音。

星期四早上八點，我們重新上路。花崗岩走道盤旋曲折，有意料之外的轉角，錯綜複雜如迷宮，但是整體而言，它的主要方向始終朝著東南方。叔叔不斷仔細查看他的羅盤，瞭解走過的路。

通道幾呈水平深入，傾斜率只有百分之二點七。小溪不疾不促，在我們腳下潺潺流過。在我眼裡，它已經變成老相識，是帶領我們穿過地底的仙子；我伸手撫摸溫暖的水神，她的歌聲陪伴著我們的腳步。我心情大好，連表達方式都變得飄然欲仙。

至於叔叔，他最愛的是垂直的路，一路痛罵這條路太水平。道路無窮無盡延伸，他非但沒有「沿著地球的半徑往下滑」——他的用詞如此，反而走在直角三角形的弦上！但是我們別無選擇，而且只要我們還朝著地心前進，就算龜行牛步，也不該抱怨。

再說坡勢偶爾也會下降，水神也開始嘩嘩下瀉，我們陪著她往更深的地方下去。

總而言之，這一天和次日，我們走了很多水平路，垂直路則相對地少。

七月十日星期五晚上，根據估計，我們應該在雷克雅維克東南方一百二十公里處，深度是十公里。

這時我們的腳下霍地開了一口深坑，狀甚恐怖。叔叔忍不住拍起手來，還去測量這條通道有多陡。

「這下子我們就能走得更深了，」他喊道，「而且凸出來的岩石跟階梯沒兩樣，很容易走！」

漢斯事先早已做好準備，綁好繩索，我們開始繫著繩往下墜。我不敢稱呼它險路，因爲我已經習慣了。

這口深坑是岩體裡的一條窄縫，那種我們稱爲「斷層」的東西，很顯然是地球在冷卻期冷縮而造成的。如果這條窄縫昔日曾是斯奈佛斯吐出來的噴發物經過之地，我不懂這些

簡直就像人爲的螺旋梯。

物質怎麼會沒留下任何痕跡。我們幾乎是盤旋而下，簡直就像人爲的螺旋梯。

我們每十五分鐘就必須停下來做必要的休息，讓膝彎恢復彈性。於是我們坐在某塊凸出的岩石上，雙腿懸空，一邊進食一邊聊天，靠溪水解渴。

不消說，來到斷層裡，漢斯溪變身懸泉，瘦了許多，但是要解我們的渴還是綽綽有餘，而且它只要碰到緩坡，必然會恢復成細水慢流。此刻的它令我聯想起我暴躁的可敬叔叔，等它到了緩坡時，就像沉著的冰島獵人。

七月十一、十二日，我們循著這個斷層盤旋直下，又再往地殼穿入八公里，這樣我們距離海平面差不多總共二十公里。但是十三日接近中午時，斷層往東南方向的坡勢大幅趨緩，約莫呈四十五度角。

於是路變得輕鬆好走，卻免不了單調無趣，因爲壓根不能指望沿途風景會起什麼變化。

最後，十五日星期三，我們在地底下二十八公里，距斯奈佛斯大約兩百公里之處。雖然我們有點累，身體狀況還保持在令人安心的狀態中，藥箱都還沒打開過。

叔叔時時掌握羅盤、時計、壓力計和溫度計的指示，甚至把結果都揭示在這次旅行的科學筆記裡，所以他輕易就能明白當下的位置。當他告訴我我們已經水平推進兩百公里時，我忍不住驚呼一聲。

「怎麼了？」他問。

「沒事，我只是在思考。」

「思考什麼，孩子？」

「如果您的計算無誤，那我們不在冰島下方了。」

「是嗎？」

「要確定還不簡單？」

我拿圓規在地圖上做測量。

「我想得沒錯，」我說，「我們超過了波特蘭岬。而且我們往東南方走的這兩百公里，把我們帶到大海中央。」

「大海中央的底下。」叔叔搓著手答道。

「這麼說，」我喊道，「我們的頭上不就頂著一片汪洋？」

「嘖！艾克賽，這有什麼好稀奇的！新堡不是有煤礦一直延伸到海裡嗎？」

教授可以覺得這個情況沒什麼大不了，但是一想到在茫茫大海下面走動，我就不免擔憂。不過懸掛在我們頭頂上的是冰島的平原和群山，還是大西洋的海水都沒有什麼分別，總而言之，只要花崗岩構架夠堅固就好了。無論如何，我很快就習慣了這樣想，因爲這條走道儘管時而筆直，時而曲折，無論在坡路還是轉角都同樣恣意妄爲，但好歹總是朝著東南方，始終漸行漸深，馬上就帶領我們往更深遠的地方推進。

四天後，七月十八日星期六晚上，我們抵達一座頗爲寬敞的洞窟，叔叔交給漢斯他的三銀元週薪，然後決定隔天是休息日。

25

我在星期日醒來，不必像平常那樣擔心要立即動身。儘管位在地底深處，這個地方還算得上舒適。何況我們都習慣了這種穴居人的生活。我完全沒想到太陽、星星、月亮、樹木、房屋、城市這些塵世之人視爲必需品的冗贅之物。身爲化石，這些百無一用的美好之物，我們才不看在眼裡。

這個洞窟形同寬敞的廳堂，忠心耿耿的溪水在花崗岩地面上潺潺流著。它離源頭已經這麼遠了，水溫只有環境溫度，所以喝起來一點都不難。

在吃過早餐以後，教授打算花幾個小時整理他每天做的記錄。

「首先，」他說，「爲了詳實記錄我們的位置，我要做計算。我想在回程時爲我們這趟旅行畫一張地圖，類似地球的縱斷圖，發表這次遠征的路線。」

「那一定很有意思，可是叔叔，您的測量夠準確嗎？」

「夠。我仔細記下角度和坡度，我很確定沒有搞錯。先來看看我們在哪裡。去拿羅盤，看看它指示的方向。」

我盯著羅盤，專心地看了一下後，我回答：

「東微南。」

「好！」教授記下來，再快速地計算了幾次。「我的計算結果顯示，我們從起點開始共走了三百四十公里路。」

「這麼說來，我們是走在大西洋底下了。」

「沒錯。」

「而且此刻說不定海面上風急雨驟，狂風大浪撼得船隻在我們頭頂上搖晃？」

「有可能。」

「鯨魚用尾鰭拍打我們這座監獄的厚壁？」

「冷靜點，艾克賽，鯨魚是沒辦法動得了它的。還是言歸正傳吧。我們位在東南方，離斯奈佛斯山腳三百四十公里，而且根據我之前的記錄，我估計我們已經深入六十四公里了。」

「六十四公里！」我驚喊。

「沒錯。」

「但這是科學公認的地殼厚度的極限了啊！」

「我不會說你不對。」

「根據氣溫遞增的定律，這裡的溫度應該有一千五百度才對。」

「沒錯，我的孩子。」

「這些花崗岩全都無法維持固態，應該都熔化了。」

「你也看到事情不是這個樣子，而且事實一向會推翻假設。」

「我不得不同意，但是我還是覺得驚訝。」

「溫度計標示幾度？」

「二十七點六度。」

「所以科學家算錯了一千四百七十二點四度。所以說氣溫會節節上升並不正確。所以達維沒有搞錯。所以我聽他的話是對的。你還有話要說嗎？」

「沒有。」

說眞的，我有很多話要說。我一點也不認同達維的理論，我還是堅決相信地熱說，就算我毫無所感。我寧願承認這條死火山的火山管其實是覆蓋著耐高溫的熔岩，溫度沒辦法透過岩壁擴散。

但是，我已經停止尋找新論據，只是維持現狀。

「叔叔，」我又開了頭，「我認爲您的計算都正確無誤，但是請容許我提出一個嚴峻的後果。」

「儘管說吧，孩子。」

「我們現在冰島緯度下的這個地方，地球的半徑大約是六千三百公里吧？」
「六千三百七十八公里。」
「算成整數六千四百公里好了。我們已經走了六千四百公里中的六十四公里？」
「正如你所言。」
「爲了深入這六十四公里，我們斜走了三百四十公里？」
「沒錯。」
「花了大約二十天？」
「正好二十天。」
「六十四公里是地球半徑的百分之一。那照這樣下去，我們就要花兩千天或將近五年半才到得了地心！」
教授沒有搭腔。
「更不用說如果三百四十公里的水平路只能換來六十四公里的垂直深度，那我們得要往東南方走三萬多公里！在我們到達地心之前，就已經先從地殼圓周的某一點出來，而且還花掉很長的時間了！」
「去你的計算！」叔叔以一個發怒的動作回應道。「去你的假設！它們都是建立在哪門子玩意兒上面的？誰跟你說這條地道不會直接到達我們的目的地？而且我之前有個先例。我現在做的事情，已經有別人做過了，他都辦到了，現在該我了。」

「我也希望，可是最後請允許我——」

「我允許你閉上嘴，艾克賽，如果你還想繼續胡說八道的話。」

我看得清楚，叔叔就快要變身成青面獠牙的教授了，我的皮最好繃緊一點。

「現在，」他繼續說，「去查一下壓力計。它標示多少？」

「很大很大的壓力。」

「好。你看，我們慢慢下來，身體也漸漸習慣這個密度的大氣，我們根本不覺得難受。」

「是沒有，除了耳朵痛以外。」

「這沒什麼，快速深呼吸幾下，就能消除不適了。」

「太好了，」我答道，暗下決心不再惹他生氣。「感覺自己潛入這個密度比較大的大氣裡面甚至很有趣。您有注意到聲音擴散的強度有多強嗎？」

「當然有，連聾子都能聽得一清二楚。」

「不過密度一定會越來越大吧？」

「對，根據一條還沒得到定論的規則，地心引力的強度確實會隨著我們往下而減輕。你知道地球內部的活動，甚至就是在地表上感受得最強烈嗎？而且物體到了地心都會失重了。」

「這我知道，可是，告訴我，越向下大氣壓力一直增加，到後來空氣跟水的密度不會變得一樣大嗎？」

「一定會，等到七百一十個大氣壓時，水跟空氣的密度就一樣大了[1]。」

「那再往下呢？」

「再往下，空氣密度就還會再增加。」

「那我們怎麼下得去？」

「就塞點小石子在口袋裡面啊。」

「我說啊，叔叔，您還眞是問不倒。」

我不敢繼續假設下去，因爲我又會撞上某個不可能的假設，讓教授氣得跳腳。

然而達到數千個大氣壓的空氣，最後會轉成固態是顯而易見的事實，到時候就算我們的身體吃得消，也無以爲繼，不管全世界的論據怎麼說，都無濟於事。

但是我沒有強調這一點。叔叔又會拿他那個不朽的薩克努森回擊我，那人只是個毫無價值的先例，因爲就算這位冰島學者的旅行被證明了確有此事，我只要一個非常簡單的問

1空氣體積隨壓力和溫度的改變而變化。壓力增加氣體體積縮小，密度加大。

題就可以反駁：

十六世紀的時候，無論是氣壓計還是壓力計都還沒有發明出來，所以薩克努森怎麼能夠確定他抵達了地心呢？

但是我把這個異議悶在心裡面，靜候事情發展。

這一天剩餘的時光都在計算和談話中度過。我總是在附和李登布洛克教授的意見，不禁羨慕起漢斯置身事外的態度，他不問因果，盲目地順應天意，直到天涯海角。

26

我必須承認，事情直到現在都很順利，抱怨就太不識相了。如果困難度的「平均值」不增加，我們就必定會達成目標。那將會是何等榮耀啊！我終於和李登布洛克教授同聲同氣了。眞的。這是否我身處奇怪環境的關係呢？也許。

連日來，我們都走在很陡峭的坡路，其中一些甚至令人望而生畏，但我們開始直直深入地心了。某些日子裡，我們甚至能往地心邁進六到八公里。下去的途中險象環生，這時候漢斯的靈活身手和臨危不亂對我們非常有用。我不懂這位神色不動的冰島人怎麼能態度這樣自如，盡忠職守，而且多虧他在，我們不再失足踏空，否則可能無法善了。

此外，他日益沉默。我甚至相信它蔓延到我們身上來了。外在事物對腦子影響鉅大。閉關自守的人最後會喪失連結想法和字句的能力。許多單獨監禁的犯人因爲缺乏思考能力的練習，後來不是傻就是瘋。

距離我們最後一次交談到現在的兩個星期內，沒有發生什麼值得報告的事件。只有一起攸關生死的大事，半點細節我都難以忘懷。

我們都走在很陡峭的坡路。

八月七日，連日不斷地往下爬，我們來到一百二十公里深之處，換句話說，我頭頂一百二十公里上方是岩石、海洋、大陸和城市。我們應該已經離冰島有八百公里遠。

那一天的地道坡面並不太傾斜。

我背著其中一架倫可夫照明儀器，在前面領頭，叔叔背著另一架。我正在審視花崗岩層。

突然間我轉過頭，發現自己落單了。

「好吧，」我心想，「一定是我走太快了，不然就是漢斯和叔叔在半路上停下來。來吧，得去和他們會合。好在路不陡。」

我折返，走了一刻鐘的時間。我看了看。沒人。我出聲呼喚。無人回應。我的聲音逸失在它突然喚醒的空谷回音中。

這下我開始擔憂了，一陣森涼竄遍我全身。

「冷靜一點，」我大聲說。「我很確定會再找到同伴的，沒有兩條路啊！我已經超前了，所以繼續往回走吧。」

我又往上爬了半小時。我聽聽看是否有人呼喚我，空氣密度這麼大，再遠的聲音也可以傳到我這邊[1]。一片離奇的寂靜籠罩寬廣的通道。

1音速和介質密度有關，密度越大速度越快，因此可以聽到越遠距離的聲音。

我停下腳步，我無法相信自己孤子一人。我還寧願走錯路，也不要迷路啊！走錯路總會回到正途。

「好，」我又再講了一次，「路只有一條，而且他們也走這條路，所以我們一定會重逢的。只要再繼續往回走就好了。除非他們沒看到我，又忘記我領先他們，所以掉頭去找我。就算是這樣好了，如果我動作加快，就會找到他們。一定可以！」

我像個還沒被說服的人，一再說著最後這句話。而且，就連歸納出這麼簡單的道理，都得耗費我老半天。

這時我起了疑心。我眞的走在前面嗎？當然。漢斯跟在我後面，他又走在叔叔前面。他甚至還暫停一會兒，重新繫好肩上的行李。我記起了這個細節，我一定就是在那個時候繼續走路。

「再說，」我心想，「我有個萬無一失的法子，可以確保我不會迷路。那就是在這座迷宮裡爲我引路，而且源源不斷的水流，我忠心耿耿的漢斯溪。我只要追溯它，就一定會找到我同伴的蹤跡。」

這麼一推想，我便如獲新生。我決定立刻上路，不再耽誤半點時間。

當時的我有多麼慶幸叔叔洞察機先，阻止漢斯把花崗岩壁上的開口堵起來！於是這條好處多多的溪水不只在沿途上爲我們止渴，現在更要引領我穿越蜿蜒曲折的地殼。

在往回走之前，我想先梳洗一下，讓自己舒爽些。
於是我彎下來準備把頭浸入漢斯溪水中……
各位不妨想像一下我當時有多麼驚愕！
我一頭撞上乾燥粗糙的花崗岩！溪水不在我的腳邊流動了！

27

我無法描述我的絕望。人類語言中沒有一個字能表達我的感受。我被活埋了，還得眼看著自己斃命於飢渴之苦。

我反射性地用滾燙的雙手拂過地面。這岩石摸起來多乾燥啊！

可是我怎麼會偏離溪流呢？它竟然不見了！於是我明白了，上次傾聽同伴呼喚我的聲音有沒有傳進我耳門的時候，那奇怪的寂靜是怎麼來的了。原來就在我剛剛誤踏這條路的時候，沒有注意到小溪不在腳邊。顯然當時我的面前冒出了一條叉路，而我的同伴和漢斯溪隨著另一條曲折離奇的坡路，一起往未知的深處走去了！

我要怎麼回去？足跡，沒有。我的腳在這花崗岩上未曾留下足印。我苦思惡想，企圖爲這個無解的問題找一個解決之道。我的處境只要四個字就能道盡：我迷路了！

對！我在一個深不可測的地方迷路了！一百二十公里厚的地殼有如千鈞重擔，泰山壓頂，我感覺自己被壓垮了！

我試著回想地面上的事物。我幾乎辦不到。漢堡、國王街上的房子、我可憐的歌洛白，全都在我驚恐的腦袋裡飛快略過，我就在這一切的底下迷路了！我在活鮮鮮的幻覺中，又看見這趟旅程的點點滴滴，渡海、冰島、弗里德克森先生、斯奈佛斯！我告訴自己，如果落到了這個下場，竟還心存一絲希望，那我肯定是瘋了，這時候的心應該死了才對！

的確，誰的力量能拆開支撐在我頭頂上的巨大拱頂，把我帶回地表？誰能把我放回來時路，讓我和同伴相聚呢？

「噢！叔叔！」我萬念俱灰地吶喊。

但是我並沒有再出言責難，因爲我能體會那個不幸的男人四處找我的時候，應該會有多痛苦。

眼看自己四下無援，束手無策，我想到向上天求援。我回憶起我的童年和我的母親，我只記得她的親吻。雖然卑微如我，上帝可能聽不見我的聲音，而現在才想要禱告也或許有點遲了，我還是至意誠心地祈禱，懇求祂。

回到上帝的身邊讓我靜下心來，可以殫心竭慮思考我的情況。

我有三天份的糧食，而且水壺是滿的，然而我無法獨自一人太久。只是我該往上走還是往下呢？

當然是往上！永遠都要往上！

這樣我應該能走到我拋下漢斯溪的地方，也就是那個該死的叉路口。等我到了那裡，

我想到向上帝求援

小溪又回到腳邊，我總是能回斯奈佛斯山頂去。

我怎麼沒有早點想到呢？那裡當然有獲救的機會，因此我的當務之急就是找到漢斯溪。

我站起來，拄著我的包鐵棍子，循著地道往上走。地道的坡度頗陡，我就像一個沒有別條路走的人，帶著期望，心無二想地走。

我在半小時內一路暢行無阻。我試著靠地道形狀、某些凸出的岩石、崎嶇蜿蜒的路面來認路。但是沒有任何特別的跡象讓我印象深刻，我很快就意識到這條路無法帶我回到叉路口。它是一條死路。我撞上一道無法穿越的牆，摔落在岩石上。

當時我有多麼驚恐，心情多麼絕望，我無法說明。我的心有如枯木死灰。我最後的希望剛剛粉碎在這面花崗岩壁上了。

在這座蜿蜒曲折、縱橫交錯的迷宮裡迷失方向，再也沒有逃出生天的可能。必須命喪最慘絕的死法！但說來奇怪，我竟然想到若是我成爲化石的身體有一天在地球底下一百二十公里的地方被人發現，那會在科學界中掀起多大的爭議啊！

我想高聲講話，但是只有沙啞的聲音從我乾燥的雙唇間逸出。我氣喘如牛。

而在這焦灼之際，又來了個恐懼奪占我的思緒：我在落地的時候摔壞了燈，又沒有辦法修理，現在燈光逐漸黯淡下來，我就快要沒有光了！

我看著光流在照明儀器的蛇形管裡萎縮。晃動的影子在逐漸變暗的岩壁上一字排開。我再也不敢閉上眼皮，深怕失去半點這即將消逝的光亮！每一刻我都覺得光明隨時會消失，而黑暗就要入侵我。

最後，最後的一絲微光在燈籠裡顫顫晃晃。我緊盯著它不放，簡直要吸進眼睛裡去，我在它上面集中眼力，彷彿這是我的雙眼最後一次感受到光亮，接下來，我就陷入廣闊無邊的幽暗之中。

我的尖叫聲何止淒厲！地面上的光就算在最深沉的黑夜之中也從不棄權的啊！它細微的光線瀰漫，但就算只是一絲半絲的微光，視網膜終究感覺得到！這裡，伸手也不見五指。絕對的黑暗使我成了名符其實的瞎子。

於是乎，我理智斷線。我又站起來，雙臂往前探，企圖摸索出路。忽然間，我發足狂奔，在這座錯綜複雜，一路向下的迷宮中加快腳步，瞎碰亂撞，像個地底居民奔越地殼，我呼叫，吶喊，怒吼，要不了多久，我就在凸出的岩石上左撞右摔，再血流如注地爬起來，我試圖喝下我臉上的淋漓鮮血，等待平空出現的一堵厚壁，迎頭撞個腦袋開花！

這場狂奔會帶我去哪裡？我還是不知道。好幾個小時以後，我一定是氣空力盡，像一塊石頭沿著岩壁倒下，失去了意識！

28

我回復意識的時候，臉頰濕答答的，是淚。這個人事不知的狀態持續了多久，很難說。我已經沒有時間概念。沒有一種孤獨像我的一樣，被如此全面的棄絕！

在我摔倒以後，我大量失血。我感覺自己血簡直氾濫成災了！啊！我多惋惜自己沒死成，「我還有得受了！」多想無益，我驅趕整個念頭，我疼痛難耐，滾到對面的岩壁去。

我已經感覺自己就快要失去意識，還有隨之而來的心力衰竭，此時，某種劇烈的聲音撞擊我的耳門。很像轟隆不絕的雷鳴，我聽見聲波慢慢消失在深遠之中。

這聲音打哪兒來的？肯定來自岩體裡的某種自然現象吧。不是氣爆就是內部某塊巨大的岩石基座坍落了。

我還在聆聽，我想知道這個聲音還會不會出現。十五分鐘過去了，寂靜籠罩整條地道。我甚至聽不見自己的心跳聲。

忽然間，我偶然貼在厚壁上的耳朵隱隱截取到傳自遠方、模糊難解的話聲。我顫慄起來。

「這是幻覺吧！」我心想。

但不是。我更加凝神細聽，我眞的聽見人聲呢喃。但是我太虛弱，聽不清楚說話內容。然而有人在說話，我很確定。

有那麼一刻，我怕說話的人就是我，現在傳過來的是回音。也許我在不知不覺中喊了出來？我狠狠閉上眼睛，再一次把耳朵貼到岩壁上。

「對，沒錯，有人在說話！有人在說話！」

我甚至沿著厚壁走開幾尺，果然聽得比較清楚。我隱約捕捉到幾個奇怪、語意不清的字眼。聽起來好像是誰壓低聲量說話，甚至是呢喃自語。「佛拉德[1]」這個字被語帶痛苦地重複了好幾遍。

這是什麼意思？是誰說的？一定是叔叔或是漢斯。如果我聽得見他們的聲音，那他們也聽得見我的。

「救我！」我使盡力氣喊道，「救我！」

我在黑暗中聆聽著，窺伺一句回答，一個尖叫，一聲嘆息，卻一無所得。幾分鐘過去了，我的腦袋裡生出一整個世界的念頭。我想我有氣無力的聲音傳不到我的同伴那邊去。

「那是他們，」我又說了一遍。「不然還有誰會深入地底下一百二十公里？」

1 forlorad，意指迷路。

我又開始岩壁上移動耳朵聽，找到了一處聲音似乎是最響亮的地方。「佛拉德」這個字又傳進我耳內，接著是先前那個喚醒我的轟隆隆雷聲。

「不對，」我說，「不對。這些聲音不是透過岩體傳過來的。這是花崗岩岩壁，天塌下來的聲音也穿它不透的！話聲是從這條通道傳來的！那裡一定有特別的傳聲效果！」

我再一次傾聽，而這一次，對了！這一次！我清楚聽見我的名字！

是叔叔講的嗎？他在跟嚮導說話，「佛拉德」是丹麥語！

這下我全懂了。如果要讓他們聽見我的聲音，我就必須沿著這道岩壁說話，它就好比電線，可以輸送我的聲音。

但是我沒有時間浪費。我的同伴只要走遠幾步，就會毀掉回聲現象了。所以我靠近厚壁，盡可能清晰地講出這句話：

「李登布洛克叔叔！」

我五內如焚。聲音傳送的速度沒有很快。空氣的密度並不會加快傳聲的速度，只會加強音量。幾秒鐘，抑或幾個世紀過去了，終於，這句話傳進我的耳內。

「艾克賽，艾克賽！是你嗎？」

……………………

「是我！是我！」我回答。

「艾克賽，艾克賽！是你嗎？」

「你在哪裡，孩子？」

……………………

「我迷路了，這裡黑到我什麼都看不到！」

……………………

「你的燈呢？」

……………………

「熄了。」

……………………

「那小溪呢？」

……………………

「不見了。」

……………………

「艾克賽，可憐的艾克賽，鼓起勇氣來！」

……………………

「等一等，我累壞了，沒力氣回答。可是您繼續說！」

…………………………

「加油，」叔叔繼續說下去。「別說話，聽我說。我們在地道裡上上下下找你，但是怎麼找都找不到。啊！我爲你掉了多少眼淚呀，孩子！最後我猜你還在漢斯溪這條路上，所以我們又走回去，同時放了幾槍。現在，如果我們的聲音能相遇，純粹是回聲效果！我們的手卻無法握在一起！但是你不要絕望，艾克賽！能聽見彼此的聲音已經很不錯了！」

…………………………

我在這段時間內動了腦筋。心中又升起一絲還模糊不清的希望。首先，我非知道一件事不可。我的嘴唇湊近厚壁，我說：

「叔叔？」

…………………………

「孩子？」一會兒我聽見他的回應。

…………………………

「我得先知道我們相隔的距離有多遠。」

…………………………

「這事好辦。」

…………………………

「您帶著您的時計嗎？」

……………………

「帶著。」

……………………

「好，拿起它。念出我的名字，同時記下您說話的確切時間。我會重複我的名字，您一樣記下我的聲音回傳給您的確切時間。」

……………………

「好，在我的發聲和你的回答之間所需時間的一半，就是我的聲音傳到你那邊花費的時間。」

……………………

「就是這樣，叔叔。」

……………………

「你準備好了嗎？」

……………………

「好了。」

……………………

「那注意了，我要念你的名字了。」

我把耳朵貼著岩壁，「艾克賽」這三個字一傳過來，我就立即回答「艾克賽」，然後我等著。

……………………

「四十秒，」叔叔說。「這一來一往花了四十秒，表示時間需要二十秒傳遞。而聲音每秒可以跑三百三十一公尺，所以我們之間相距了六千六百二十公尺或者說是六點六二公里。」

……………………

「六點六二公里……」我呢喃。

……………………

「艾克賽，這個距離是可以跨越的！」

……………………

「我該往上還是往下？」

……………………

「往下，我來告訴你爲什麼。我們現在到了一處廣大的空間，有數不盡的坑道通到這裡。你走的那條一定會把你帶來，因爲這些裂縫啊、斷口似乎都是圍著我們這個大洞窟輻射狀散開。你站起來，繼續走。走，必要的話用爬的，在那些陡坡上快速滑行，你會發現我們的雙臂在路的盡頭迎接你。上路吧，孩子，上路！」

……………

這些話提振了我的精神。

「別了，叔叔，」我喊道，「我要走了。一旦我離開這個地方，我們的聲音就沒辦法再交流了！別了！」

……………

「再見，艾克賽！再見！」

……………

這就是我聽見的最後一句話。

這句充滿希望的話語結束了這場在地球內部，相距四公里以上的驚人對話。我向上帝禱告，感激祂在廣大無垠的黑暗之中，偏偏帶我到也許是唯一能讓我同伴的聲音傳來給我的地方。

這個令人驚異的回聲效果只需要一個簡單的物理定律就能輕鬆解釋：走道的形狀和岩石的傳導性。像這種在媒介空間中聽不見的聲音傳遞的例子很多。我記得許多地方都被觀察到這種現象，例如倫敦的聖保羅大教堂圓頂的內部通道，以及西西里島上那些鄰近敘拉古採石場的奇妙石灰石洞穴，其中最神奇的以「狄奧尼修斯之耳[2]」的名稱傳世。

憶及這些事，我就明白既然叔叔的聲音能傳到我這邊，我們之間就沒有阻礙。循著這條聲音之路，我理應像它那樣抵達彼方，假如力量沒有在半途上棄我而去的話。

於是我站起來，拖著腳步前進，而不是行走。坡勢頗爲陡峭，我乾脆滑下去。

忽然間，我腳下抽空，我感覺自己在一條垂直通道高低不平的表面上翻滾彈跳。這條通道根本就是一口井啊！我的頭撞上一塊尖銳的岩石，旋即昏死過去。

2敘拉古（Syracuse）是西西里島沿岸一座古城，是古希臘科學家阿基米德的故鄉。島上有一個人工開鑿的石灰石洞窟，入口狀似耳朵，畫家卡拉瓦喬將之命名爲「狄奧尼修斯之耳」。因爲洞窟的形狀，內部有相當好的傳聲效果。

29

當我回復知覺，只覺在昏暗不明之中，躺在厚沉沉的被子上。叔叔在一旁看顧我，窺伺我的臉上是否有生還的蛛絲馬跡。我才發出第一聲嘆息，他就握住我的手，我甫睜雙眼，他就發出喜孜孜的叫聲。

「他還活著！他還活著！」他喊道。

「對。」我的聲音有氣無力。

「我的孩子，」叔叔把我擁進懷裡，「你得救了！」

叔叔這句話裡的腔調，特別是當中的關懷之情，大大地感動了我，但是我得歷經多少艱險才能勾起教授這樣的真情流露啊。

這時漢斯來了。他看見叔叔和我的手握在一起，我敢說他的雙眼流露出一抹鮮明的歡欣。

「古得格。」他說。

「日安，漢斯，日安，」我輕聲說。「現在呢，叔叔？告訴我我們現在哪裡？」

「明天吧，艾克賽，明天。你今天還太虛弱，我在你頭上纏了紗布，別弄亂它了。睡吧，孩子，明天你就什麼都會知道了。」

「那至少告訴我，」我繼續說，「現在幾點，星期幾？」

「晚上十一點，今天是八月九日星期天。而在本月十號以前，我不准許你再發問。」

事實上，我眞的很虛弱，不自覺地闔上雙眼。我需要一個晚上的休養，所以我一邊想著自己不省人事了漫長的四天，一邊昏昏沈沉地睡去。

我在次日醒來。我四下張望，我的床是由我們這趟遠行帶來的每條被子舖成的，被安置在一個迷人的洞穴之內，飾有漂亮的石筍，地面覆蓋著細沙。此地昏暗不明，沒有火把，也沒有點燈，卻有無法解釋的亮光透過岩窟的一口窄洞，從外面照進來。我也依稀聽見模模糊糊的細響，類似碎浪拍上沙灘的聲音，有時則是微風颼颼。

我是否清醒？還是仍在睡夢中？我摔破的腦袋是不是感知到想像出來的聲音。然而，無論是我的眼睛還是耳朵，都不可能錯得這麼離譜。

「這是日光，」我心想，「從岩石的裂縫溜進來的！那的確是海浪在呢喃！那是微風在輕嘯！是我搞錯，還是我們已經回到地球表面了？所以叔叔是放棄了遠征，還是心滿意足的完成了呢？」

我在納悶這些難題時，教授進來了。

「早安，艾克賽！」他開心地說。「我很樂意打賭你身體好多了！」

我被安置在一個迷人的洞穴之內

「是啊。」我說，在被子上坐起來。

「應該的，因爲你睡得很安穩。漢斯和我輪流守著你，我們看見你明顯痊癒許多。」

「的確，我覺得體力恢復了，證據就是我會津津有味吃你們爲我準備的早餐！」

「你會吃到的，孩子！你退燒了。漢斯用冰島人的祕方，一種我不曉得是什麼玩意兒的藥膏摩擦你的傷口，現在傷口都癒合了。我們的獵人眞是個了不起的人才！」

叔叔嘴巴裡說著，張羅了一些食物來，雖然他在一旁叮嚀，我還是狼吞虎嚥地吃掉。吃飯的時候，我不斷問長問短，叔叔也急忙回答我。

於是我得知我在神推鬼使下，確實墜落到一條幾呈垂直的通道的盡頭。我混在石流當中抵達，其中最小的石塊就足以壓扁我，可見有一部分的岩體跟著我一起滑落。這輛恐怖飛車就這樣把我送進叔叔懷抱裡。我渾身浴血，不知人事地落在他雙臂中。

「眞的，」他對我說，「你沒有死一千遍，眞是令人驚訝！但是，看在上帝的份上！我們別再分開了，因爲我們可能再也無法相見！」

「我們別再分開了！」所以旅行還沒結束嗎？我大睜的雙眼滿是訝異，立即惹來這個疑問：

「你怎麼了，艾克賽？」

「有個問題想問您。您說我平安無事？」

「一點不錯。」

「我的四肢健全？」

「絕對。」

「那我的頭呢？」

「你的頭除了幾處挫傷，還好好地安在你的肩膀上。」

「那就好，我怕我的腦袋錯亂了。」

「錯亂？」

「對。我們沒有回到地表去吧？」

「當然沒有！」

「那麼我一定是瘋了，因爲我看見日光，聽見風聲，還有海濤聲！」

「喔？只有這些嗎？」

「您會告訴我原因嗎？」

「我什麼都不會告訴你，因爲我沒辦法解釋，不過你會看到，然後你就會明白地質科學還沒有說出它最後的定論。」

「我們出去吧！」我突然起身。

「不行，艾克賽，不行！外面風太大，可能對你有害。」

「風？」

「對，風還滿猛的。我不要你去吹風。」

「可是我保證我的身體好得很。」

「有耐心一點，孩子。你要是復發，我們就麻煩了，而且我們沒有時間可以浪費，因爲橫渡可能會很久。」

「橫渡？」

「對，你再休息個一天，我們明天上船。」

「上船！」

最後這句話令我跳了起來。

什麼？上船？所以這裡有一條河、一座湖泊還是海洋？一艘船正停泊在地球內的某座港口？

我的好奇心被激到最高點。叔叔試圖攔住我但沒攔成。當他看見我的急不可耐恐怕比滿足我的願望讓我更勞神傷身的時候，他就讓步了。

我迅速換好衣福，並罩了其中一條被子在身上以防萬一，走出洞穴。

30

首先我什麼都沒看見。我的眼睛不習慣光線，唰地閉了起來。等我可以睜開眼睛的時候，我不是嘖嘖稱奇，反而怔怔瞪著。

「海！」我驚喊。

「對，」叔叔答道，「李登布洛克海，我樂於相信沒有任何航海家會來跟我搶這個榮譽，發現它的人是我，我當然有權利用我的名字命名囉！」

浩浩漫漫的一大片水，可以是湖泊或海洋，延及視線之外。月牙狀的海岸開闊，浪腳湧上海灘的金色細沙，沙子裡四散著生命形成初期的第一批生物住過的貝殼。海浪撞碎在岸上，發出廣大的密閉空間中特有的響亮聲音。一抹輕盈的泡沫在一陣和風的吹拂下飛走，幾朵浪花濺到我的臉上。在微微傾斜的海灘上，距浪緣約莫兩百公尺的地方，懸岩的扶壁隱沒當中。

這些峭壁參天而起，愈往上愈寬，其中一些的尖銳岩脊撕破海岸，形成被拍岸浪侵蝕的海角和岬角。再遠一點，我們的眼睛跟隨著這一大座懸岩，它在地平線霧濛濛背景的襯托下，清楚地顯示出輪廓。

這是一座不折不扣的海洋

這是一座不折不扣的海洋，海岸線和地表上的同樣不規則，只是遊人絕跡，而且看起來很野生，令人戰慄。

如果我的視線能夠游移到海的遠方，那是因爲一道「特殊」的光線能遍照微末。不是太陽亮晃晃的萬道金光，也不是月亮蒼白朦朧的光芒，月光只是沒有熱氣的反射而已。不是。這道光的照耀能力，顫動的漫射，清澈乾燥的白，微微上升的溫度，比月光更明亮的光芒，在在表示光源純粹來自電能。一如北極光暈。這個恆久不滅的宇宙現象普照在這個容納得下整座海洋的岩窟中。

高懸在我頭頂上的拱頂、天空——如果我們要這麼稱呼的話——似乎是由凝結而成的大片雲朵和流動多變的蒸氣組成，某些日子裡，這些應該會化成傾盆豪雨。我本來以爲在這麼大的大氣壓力下，水蒸發不了，然而因爲某個我不懂的原理，有大塊大塊的烏雲散布在空中。不過「天氣很好」。

廣泛瀰漫的電光在非常高遠的雲上製造出變幻莫測的驚人光芒，在下方雲朵上清清楚楚地顯現出影子來，而且一道眩目強光經常鑽進兩朵分離的雲層中，直射在我們身上。總之那不是陽光，因爲光裡感受不到熱氣，把氣氛營造得悲愁憂鬱。這不是星光閃閃的穹蒼，我感到那些雲朵上方的花崗岩拱頂，把全部重量壓在我身上，而這個空間儘管遼闊無邊，也不夠最小的衛星運行。

於是我記起某位英國船長的理論，他把地球比喻成一個空心的遼闊球體，在球體內部的天空因爲大氣壓力的關係而維持明亮，普路托和普塞琵娜[1]這兩個天體在上面畫出神祕的軌道。他說的會是眞的嗎？

我們眞的被封閉在一座遼闊無邊的岩窟裡。它的寬度無法判斷，因爲海岸不住開闊直到一望無際；我們也無從判斷它的長度，因爲些許朦朧的地平線很快就會把我們的視線擋下來。至於高度，應該超過許多公里。上頭那塊拱頂是支撐在它的花崗岩扶壁上嗎？雖然視線不可及，但是有這麼多的雲高掛空中，它們的高度應該可以估計爲四千公尺，比地球上的雲還要高，而且主因肯定是空氣可觀的密度。

「岩窟」一詞當然表達不了我心中對這個廣闊空間的描繪。但是對一個到地心去冒險的人而言，人類的語言早已不敷使用。況且，我不知道要用哪個地質學的眞理來解釋這種岩窟的存在。地球冷卻能造成這個現象嗎？多虧一些旅人的遊記，我對某些著名的岩洞甚是瞭解，但是無一擁有這樣的面積。

---

1 人類早期就有「地球空洞說」的觀念，無論是哪一種宗教都認爲地底下有冥界。十七世紀，英國天文學家哈雷（Edmond Halley，1656-1742）提出地球從表到裡有三層殼，每一層都是空心的說法。蘇格蘭物理學家約翰・萊斯禮爵士（John Leslie，1766-1832）認爲地球內部有兩個小太陽，並以冥王普路托及冥后普塞琵娜（Proserpina）的名字爲它們命名。

雖然洪堡參觀哥倫比亞鳥洞[2]時，只探索了八百公尺深，並沒有發現鳥洞深度的奧祕，但它或許並沒有超過多少。肯塔基州深廣的長毛象洞也的確奇大無比，它深不可測的湖泊上方，拱頂高達一百六十公尺，遊客走超過四十公里也不會碰到盡頭。但是我此刻讚賞著的地方，有自己蒸蒸騰騰的天幕、電光照明，還有毗連的浩瀚海水，那些岩洞又怎能相提並論呢？

我默默凝視眼前的奇觀勝景。我說不出話來表達我的感受。我以爲身處某個遙遠的星球上，正目睹天王星或是海王星，目睹一些我身爲「地球人」不曾意識到的現象。新的感受就需要新的詞彙，我的想像力沒有提供。我看著，想著，懷著摻雜了些許恐懼的驚愕讚嘆著。

這個料想不到的美景，喚回了一點血色在我臉上，驚訝這個嶄新的療法正在治療我，幫我痊癒。此外，密度很大的豐沛空氣供應更多的氧氣給我的肺，讓我精神爲之一振。

在一條狹窄的地道內歷經四十七天的監禁之後，不難想像能吸進這個飽含鹽份的濕潤微風，是多麼舒暢快意。

2鳥洞（Cueva del Guacharo）位於委內瑞拉，是一座天然石灰岩巨窟。十七世紀時，洪堡在這裡發現油鴟這種未知鳥類。

所以我無需懊悔離開昏暝的洞穴。叔叔已經看慣這些美景，不覺爲奇了。

「你感覺力氣恢復一點沒有？」他問我。

「當然有，」我答道，「我沒這麼暢快過。」

「那好，抓住我的手臂，艾克賽，我們沿著蜿蜒的海岸走吧。」

我急忙接受。我們開始沿著這片陌生的大海走。左邊那些險峻的岩石，層層疊疊，堆砌成巨石堆，令人生出奇異之感。它們的側邊掛著無數的瀑布，像清澈透明、喧聲嘹亮的水幕奔騰而下。幾朵輕盈的蒸氣在一個又一個岩石上彈跳，顯示此處有熱泉。一條條溪流共同汩汩流往盆地，在這些緩坡上發出更悅耳的呢喃。

我從這些溪流中認出我們忠心的路上夥伴——漢斯溪，它平靜地流過來注入海中，彷彿自世界誕生以來它就沒有其他事要做。

「我們以後會想念它的。」我嘆了一口氣說。

「嘖！」叔叔回答說，「是它還是另一條溪流有什麼差別？」

我覺得他這樣講有點忘恩負義。

不過此時我的注意力都讓一個始料未及的景色吸引住了。距離我們五百步遠，在高聳岬角的轉角處，有一座高高在上的森林，蓊鬱葳蕤，出現在我們眼中。它是由高度中等、被裁成規則的陽傘狀、清楚的幾何線條的樹木組成，大氣中的氣流似乎無能左右它們的樹葉。這些樹葉竟然能迎風而紋絲不動，簡直就像石化的雪松叢。

我加快腳步。我不知道該如何稱呼這特別的樹種。它不包含在現今已知的二十萬植物物種裡嗎？需要在湖邊植物相裡給它們安插一個位置嗎？不。等我們來到濃蔭底下，我的驚訝不再出於讚嘆了。

事實上，我面對著地球上的產品，只是從巨大的版型裡裁剪出來的。叔叔立刻喊出名稱。

「只是蘑菇林嘛。」他說。

他沒說錯。不妨想像一下這些性喜濕熱的植物鋪天蓋地的模樣。我知道根據布利雅[3]的研究，大馬勃[4]的圓周可以達到二點六至二點九公尺，但是這裡的是白蕈[5]，高十至十三公尺，有同樣直徑的蕈蓋。成千上萬密密叢叢的白蕈，光線穿不透它們的濃蔭，這些並排的圓頂好比一座非洲城市的圓形屋頂，下方則陷進黑森森的一片。

但是我想更往深處走。一股要命的寒氣從這些肉質的拱頂漫下來。我們在潮濕的黑暗

3布利雅（Pierre Bulliard，1752-1793）是法國植物學家，同時擅長繪畫，總是爲自己的著作畫插圖或是版畫。其著作《植物學基礎圖鑑》（Dictionnaire Elementaire de Botanique）對研究眞菌學非常重要。

4植物名，球狀或卵球狀的腹菌類，由樹木腐敗而生，孢子成熟則乾燥，研末可作藥用。

5意指迷路。一種寄生在木上的隱花植物。種類很多，多成傘形。

「只是蘑菇林嘛。」他說。

裡隨意走了半小時，我感到身心舒爽，宛如置身海邊。

這塊地底大陸裡的植物並不僅限於蘑菇。難以計數、褪色葉子的其他樹種聳立在稍遠處。它們很容易辨識：這些在地球上身形低矮的灌木，來到此處便尺寸駭人，高達三十公尺的石松、巨型封印木[6]、如高緯度地區的松樹般高大的蕨類，鱗木有分叉的圓柱莖，尾端是長形葉子，上面豎著硬毛，好似巨型的多肉植物[7]。

「驚奇，美妙，非凡！」叔叔高喊。「地球過渡期的植物全都在這裡了。這些種在我們院子裡的低矮植物，在地球誕生初期曾經是樹！看，艾克賽，好好讚賞讚賞！從來沒有植物學家親身參與過這樣的饗宴！」

「您說得沒錯，叔叔。聰明絕頂的學者充滿幸福地重建的這些遠古植物，上帝似乎想要把它們保存在這座遼闊的溫室裡。」

「你說得好，孩子，這是一座溫室，不過，你如果再加上動物園的話，會說得更貼切。」

6古植物。石松綱，是封印木科中重要的一屬。莖高大，僅在頂端呈兩歧分枝，或不分枝。生存於石炭紀及二疊紀。

7多肉植物又被稱作肉質植物，是指植物能在氣候或土壤乾旱的條件下擁有肥大的葉或莖甚至是貯藏器官，多肉植物主要生長於沙漠及海岸乾旱地區。

「動物園！」

「對，沒錯。你看我們腳踩過的這些灰塵，這些散布在地上的枯骨。」

「枯骨！」我驚喊。「對，是遠古動物的遺骨！」

我急巴巴走向這些由毀壞不了的礦物質[8]而形成的遠古殘骸。我不假思索就能喊出這些宛如乾枯樹幹的巨骨名字。

「這是乳齒象[9]的下顎，」我說，「那是恐象[10]的臼齒，而這個股骨只有大地懶[11]這種體型最大的動物才會有。對，這裡的確是動物園，因爲這些枯骨絕對不是因爲地殼變動被運到這裡來的。這些枯骨的主人原本住在這座地底海洋的岸邊，活在這些樹蔭下。咦，我還看見完整的骸骨。可是……」

「可是什麼？」叔叔問。

「我不懂這花崗岩窟裡頭，怎麼會有這種四足動物存在。」

「爲什麼不會有？」

8原書註：磷酸鈣。
9乳齒象是長鼻類哺乳動物。屬乳齒象科。外型有點類似長毛象。
10恐象是象的史前親屬，生存於中新世中期至更新世早期。
11大地懶是一種巨大的動物，見於更新世中美洲和南美洲。

「因爲動物是直到了第二紀才出現在地球上，那個時候河流的沖積作用造成了沉積地層，取代原始時代的熾熱岩石。」

「這樣啊！艾克賽，對於你的異議，我的回答非常簡單：這裡就是沉積地層。」

「怎麼會？在地表底下這麼深的地方？」

「沒錯，而且我可以用地質學來解釋。地球在某個時期，只是由一個具彈性的地殼形成的，按照萬有引力，它承受上下的力量交替的運動。有可能發生了地層下陷，一部分的沉積地層被拖進突然洞開的巨壑底了。」

「應該是這樣。可是如果遠古時代的動物在地底下這些地區生活過，誰能告訴我們，這些怪獸之一不會還在這些幽暗森林裡，或是這些陡峭岩石後面遊蕩？」

我一想到這個，不禁心驚膽戰地尋視起地平線上不同的點，但是杳無人跡的海岸上根本別無活物。

我有點累，所以走到岬角的盡頭坐下，岬角底部傳來嘩嘩的海浪拍岸聲，整個半月形海灣盡收我眼底。海灣盡頭的金字塔狀岩石間形成一座小港口。港口海水躲開了風的吹襲，平靜地睡著。說不定停泊一艘雙桅橫帆船和兩、三艘雙桅縱帆船都沒問題。我幾乎等著看見某艘船揚起所有的帆，在徐徐的南風吹拂下出海。

但是這個幻覺很快就消散了。在這座地底世界中，我們的確是唯一的活物。因爲風暫時停了，一片比沙漠的寂靜還更深沉的寂靜，落在這些乾躁的岩石上，低低壓著海平面。於是我試著想看透遠方那片雲霧，想撕去這面披掩在地平線的神祕背景上的簾幕。我急急忙忙想問，大海在哪裡結束？它通往哪裡？難道我們永遠也無法抵達對岸嗎？

叔叔倒是信心滿滿。我則是既渴望又害怕。

凝望這美妙的景色一個小時後，我們又重拾沙灘那條路，走回洞穴中。我就在最奇妙的念頭催眠下，沉沉睡去。

31

次日，我醒來時已完全康復。我認爲洗個澡對我大有裨益，便到這地中海裡去泡個幾分鐘。它絕對比任何海洋都值得這個名稱。

我食欲大開，回來吃早餐。漢斯烹調我們的簡餐很有一套，他手邊有水有火，因此能夠稍微變變花樣。他端給我們幾杯咖啡作餐後甜點，我覺得這美味的飲料從未比現在更香醇過。

「現在要漲潮了，」叔叔說，「我們不可以錯過研究這個現象的機會。」

「什麼？漲潮？」我驚喊。

「沒錯。」

「月球和太陽的影響連在這邊都感覺得到？」

「爲什麼不行呢？萬物不全都臣服在萬有引力之下嗎？所以這一大片水怎麼能例外呢？而且海平面上的大氣壓力雖然大，你還是可以看到潮水像在大西洋一樣翻騰。」

此刻我們走在海岸上，海浪在沙灘上逐步前進。

「水開始漲了。」我喊道。

便到這地中海裡去泡個幾分鐘

「是的，艾克賽，可以從這些海浪留在沙灘上的泡沫觀察到海水能漲數公尺高。」

「太神奇了！」

「不對，這是正常的現象。」

「雖然您這麼說，我還是覺得這一切很神奇，我幾乎不相信自己的眼睛。誰曾經想過地殼裡會有一座眞正的海洋，還有潮起潮落，有微風和暴雨呢？」

「爲什麼不行？有反對它的原理嗎？」

「從我必須放棄地熱說的那一刻起，我就找不到了。」

「所以說，直到現在，達維的理論得到證實囉？」

「當然，從此再也沒有理由能反駁地球內部有海洋或是大陸的存在了。」

「可不是嘛，只不過這裡沒有生物。」

「那爲什麼某些未知的魚種不能住在水裡呢？」

「至少我們到現在連一隻都沒有看到。」

「我們可以做釣線啊，看看魚餌在這地底下會不會跟地上的海裡一樣有效。」

「我們會試的，艾克賽，因爲我們必須探索這些新地區的所有祕密。」

「可是我們在哪裡呢，叔叔？因爲這個問題我還沒問，您的儀器一定能回答的。」

「離冰島水平方向一千四百公里。」

「這麼遠？」

「我很確定誤差不會超過一公里。」

「羅盤還是指向東南方嗎？」

「對，西邊偏角19°42'，就像在地球上一樣。但是傾角出現了一個奇怪的現象，我很仔細地觀察過。」

「什麼現象？」

「指針不像在北半球那樣往北極傾斜，而是完全相反。」

「這就是說磁極介於地表和我們現在這個地方之間囉？」

「沒錯，而且如果我們來到極地之下，接近詹姆斯．羅斯[1]發現的緯度七十度磁極，我們就會看見指針直豎。所以這個神祕的地磁中心並不在非常深的地方。」

「的確，這就是一個科學沒有懷疑過的事實。」

「孩子，科學是由錯誤造成的，這些理當該犯的錯誤會逐漸帶領我們走向眞理。」

「那我們現在的深度呢？」

「一百四十公里。」

「這樣子，」我說，一邊察看地圖，「我們上方是蘇格蘭的山地，這裡，是高聳入雲

1詹姆斯．羅斯（James Ross）在加拿大北極地區的布西亞半島（Boothia Peninsula）發現北極磁極。

的格蘭扁山脈[2]，山頂覆滿白雪！」

「對，」教授笑著回答。「背起來是有點重，不過拱頂很堅固。宇宙的偉大建築師用上好的建材來建造它，人類從未能達到這樣的跨度！跟這個半徑十二公里，下方有隨心所欲發展的海水和暴風雨的耳堂，地球上那些橋拱和大教堂的拱頂又怎麼能相提並論？」

「噢！我不怕天空掉到我頭上。現在，叔叔，您的計畫是什麼？您不打算回地表嗎？」

「回去？啐！恰恰相反，我會繼續我們的旅程，因爲直到現在，一切都進行得那麼順利。」

「可是我不懂我們能怎麼穿過這座液體平原。」

「噢！我不會聲稱我會急急忙忙帶頭跳下去。但是這座大海充其量只是湖泊，因爲它四週有陸地，更何況這座內海都給花崗岩包起來了。」

「這倒是。」

「所以啦，我很確定能在對岸找到一個新出口。」

「您認爲海有多長？」

「一百二十公里到一百六十公里左右。」

2格蘭扁山脈（Monts Grampians）是蘇格蘭三大主要山脈之一，是不列顛群島中地勢最高的區域。

「啊！」我說，一邊想像這個估計很可能不確實。

「所以我們沒時間可以浪費，明天我們就要出海了。」

我不自主地用眼睛搜尋起那艘我們理應搭乘的船隻。

「啊！」我說，「我們要上船。好！那我們要搭哪一艘船？」

「我們要搭的不是船，孩子，而是好又堅固的木筏。」

「木筏！」我驚喊。「無論要造木筏還是船都不可能，我看不太出來——」

「你看不出來，艾克賽，但是，如果你用聽的，你就聽得出來。」

「聽？」

「對，榔頭敲打的聲音會告訴你，漢斯已經在幹活了。」

「他在造木筏？」

「對。」

「什麼！他已經砍好樹了？」

「噢！樹都砍了。來吧，我們去看他工作。」

步行了一刻鐘，我們來到岬角的另一側。我看見漢斯在天然海港這一側工作。不出幾步，我就來到他身邊。看見完成一半的木筏躺在沙子上，我大吃了一驚。它是由一種特殊木材削成的橫木紮起來的。遍地是無數的或直或彎的厚木板以及各種繩索。那些材料都足夠建造一整隻艦隊了。

「叔叔，」我喊道，「這是什麼木頭？」

「是松樹、冷杉、樺樹等各種北方針葉樹，受海水作用而變成礦物。」

「有可能嗎？」

「俗稱『褐煤[3]』或化石木。」

「那它們就應該像褐煤，硬得跟跟石頭一樣，那還浮得起來嗎？」

「有時候是這樣，有些木頭會變成真正的無煙煤，但是其它的，像這些，才剛開始轉變成化石而已。你看。」叔叔補上一句，同時把其中一塊珍貴的殘木往海裡丟。

那塊木頭在消失之後又浮上水面，隨著水波起伏搖晃。

「這下你相信了吧？」叔叔問。

「我比較覺得這種事難以置信！」

隔天晚上，多虧嚮導心靈手巧，木筏完工了。它有三點二公尺長，一點六公尺寬，堅固的繩索把化石木橫木一根根綁起來，紮成一塊堅固的平面，一旦下水，這條臨時打造的小船就會平穩地浮在李登布洛克海上。

---

3 surtarbrandur，冰島語的「褐煤」。

32

八月十三日，我們在一大清早醒來。今天是一個快速又不累人的新式運輸的落成典禮。

兩根併攏的棍子綁起來成爲桅杆，第三根棍子充當桅桁，一面借用我們的被子湊和成的帆，這就是木筏的所有索具。

我們不缺繩索。整個木筏結結實實。

六點，教授發出上船的信號。糧食、行李、科學儀器、武器和許多飲用水都各就各位。

漢斯安置了一個舵，以便操縱他的漂浮機器。他開始掌舵。我鬆開將我們繫在岸上的纜繩。調整好船帆的方向後，我們很快就離開碼頭。

離開小港口的時候，喜愛爲他的新發現命名的叔叔想要給港口起個名字，他屬意我的名字。

「好是好，」我說，「不過我有另一個名字要建議您。」

「哪個名字？」

「歌洛白。歌洛白港，很適合放在地圖上。」

「那就歌洛白港吧。」

我朝思暮想的親愛的維爾蘭姑娘，就這麼跟我們這趟快樂的遠征沾上了邊。

微風從東北方吹過來。我們順風疾行，有如風馳電掣。密度很大的大氣提供強大的推力，就像個強力的風扇朝船帆上猛吹。

一個小時後，叔叔終於能估計出我們的速度。

「如果繼續這樣走，」他說，「我們二十四小時至少能行一百二十公里，很快就會看見對岸了。」

我沒有答腔，過去坐在木筏前頭。北海岸已經開始沉入地平線了。海岸的東西兩岸有如雙臂，大大地敞開，彷彿是爲了方便我們出發。眼前的大海一望無垠。大塊雲朵的灰影在海平面上快速游移，看似壓在這片陰鬱的水上。銀色電光像小水滴四處反射，在木筏的側邊生出斑斑光點。不多時，所有陸地就從眼中消失了，所有方位標都不見蹤影，如果沒有木筏激起水沫的航跡的話，我可能會以爲木筏紋絲不動。

接近中午，巨大的海藻在海面上波浪起伏。我知道這種植物的力量，它們生長在海底近四公里的深處，在接近四百個大氣壓的壓力下繁殖，常常形成占地相當可觀的海藻灘，絆阻船隻的行進，但是從來沒有海藻比李登布洛克海的這些更巨碩，我想。

我們的木筏沿著長達一千、一千三百公尺的墨角藻航行，它們宛若不見頭尾的巨蛇。我緊盯著無限長的海藻不放，樂此不疲。我老是相信就要看到極端了，這樣子過了許多個小時，直到我的耐性跟驚奇都被消磨殆盡。

什麼樣的力量能夠製造出這種植物？在地球形成的初期，植物在熱氣與濕氣的作用之下，獨自稱霸地表，那該是什麼樣的一番景象啊！

入夜了，就跟我前一晚注意到的一樣，空氣中的發光狀態並未減弱分毫。這是個恆久的現象，我們可以依賴它。

晚餐過後，我躺在桅桁下，就快要懶洋洋入夢了。

漢斯靜立在舵旁不動，讓木筏自行漂流，再說順風推擁著木筏，甚至不需要人來操縱。

自從我們在歌洛白港啓碇以來，李登布洛克教授就讓我負責寫「航海日誌」，記錄最細微的觀察結果，記載有趣的現象、風向、航速、行經路線，一言以蔽之，這趟奇妙航行的點點滴滴。

因此我僅只在這裡轉載我的日常筆記。我幾乎是隨著事件發生匆忙記下的，以便較爲精確地描敘我們渡海的情形。

八月十四日，星期五

吹著同樣的西北微風。木筏筆直地飛速疾行。海岸保持在下風處一百二十公里。地平線上空空蕩蕩。光的強度不變。天氣晴朗，亦即雲淡高遠，並且沐浴在一片白色大氣中，就像融化的銀。溫度：+32°C。

中午，漢斯在釣線末端準備釣餌。他用一小塊肉做餌，把釣線丟進海中。整整兩個小時，他都一無所獲。所以這水中眞的沒有生物居住？不會的。這時釣線一陣震顫。漢斯拉線，拉回一條奮力掙扎的魚。

「魚！」叔叔喊道。

「是鱘魚！」輪到我大呼小叫，「小型鱘魚！」

教授專注地打量這條魚，沒有贊同我的意見。這條魚的頭部扁圓，身體前面部分覆蓋著骨板，嘴裡沒有牙齒，甚爲發達的胸鰭是爲了配合沒有尾鰭的身體。它的確屬於被自然學家歸類爲鱘魚的目，但是它在基本特徵上，又與鱘魚有所不同。

叔叔沒有搞錯，因爲他在迅速端詳一遍後，說：

「這條魚的科已經滅絕了好幾個世紀，我們可以在泥盆紀找到這個科的動物化石。」

「什麼！」我說，「我們竟然有可能活捉這種原始大海中的居民？」

「對，」教授答道，同時繼續觀察，「而且你看這些化石魚跟現今的魚種毫無雷同之處。能把這些生物之一抓在手中，實在是自然學家之福啊。」

「那它是屬於哪一科呢？」

「硬鱗目[1]，頭甲魚科[2]，至於是什麼屬……」

「怎麼樣？」

「我敢發誓，是星甲魚屬[3]！但是這隻魚有個特點，地底水中的魚身上都有。」

「什麼特點？」

「它看不見。」

「看不見！」

「不只看不見，根本連視覺器官都沒有。」

我瞧了瞧，還眞的是。不過這可能是個特例。於是釣線又被掛上了魚餌，重新丟回海裡。當然，這座海裡的魚不可勝數，因爲我們在兩小時內就釣到不勝枚舉的星甲魚，還有

---

1 Ganoid。
2 Cephalaspis。
3 Pterichthyodes。

一些屬於同樣已經滅絕的雙鰭魚[4]，不過叔叔並不曉得它們的屬。這些魚全都沒有視覺器官。這次意料之外的垂釣大幅更新了我們的儲存糧食。

因此，很顯然這座海裡只有化石魚種，這些魚種的魚就如同爬蟲類，起源得愈早就會演化得愈完美。

也許科學能利用一塊骨頭或是軟骨重建的蜥蜴類，我們會遇上其中之一呢？

我拿來望遠鏡，注視海水。它空空蕩蕩。一定是我們還太靠近海岸的緣故。

我仰望空中。為什麼不朽的居維葉[5]復原的那些鳥類，不來振翅擾動厚重的大氣層呢？這裡的魚夠牠們吃啊。我觀察空中，但是那裡就跟海岸一樣寂寥。

然而我的想像力把我帶到古生物學美妙的假設裡。我清醒地做起白日夢來。我彷彿在水面上看見龐大的古代烏龜[6]，這些遠古巨龜極似漂浮的小島。在巴西洞穴裡發現的隱獸[7]、來自西伯利亞苦寒極地的反芻獸[8]這種原始大型哺乳動物，行經過這些陰暗的沙灘

---

4 Dipterides，一種擁有雙鰭的魚。
5 喬治・居維葉（Georges Cuvier，1769-1832）是法國自然學家。
6 Chersite，一種陸龜。
7 Leptotherium，一種接近鹿屬的動物。
8 Mericotherium，一種接近駱駝，具有羊的特徵的動物，大約跟長頸鹿一般高，有一點像大角羊。

上。再遠一點的地方有厚皮動物稜齒獸[9]，這種巨型貘躲在岩石後面，準備和無防獸爭奪獵物。無防獸[10]是一種奇形怪狀的動物，形似犀牛、馬、河馬和駱駝，彷彿造物主在創世初期忙作一團，把許多動物給集合在一起。龐大的乳齒象[11]甩動牠的長鼻，用牠的牙齒磨碎海岸上的岩石；大地懶[12]巨大的腳讓牠穩如泰山，正一邊挖掘地面，一邊嗥叫，喚醒花崗岩響亮的回音。稍微高一點的地方，第一隻出現在地球上的原猴[13]正爬上險峻的樹巔。而在更高遠之處，翼手龍像隻巨型蝙蝠在壓縮的空氣上滑行。最後，在最高的那幾層大氣中，比鶴鴕更強悍，比鴕鳥更大的巨鳥，舒展開牠們寬闊的翅膀，飛去迎頭痛擊花崗岩的拱壁。

整個化石世界在我的想像中復活。我回到物種起源的聖經時代，比人類的誕生要早得多，那時地球還不完整，不適人類居住。這時我的夢境領先生物。哺乳類消失了，接著是鳥類，然後是第二紀的爬蟲類，最後是魚類、甲殼動物、軟體動物、節肢動物。輪到過渡

9 Lophiodon，一種接近貘犀的動物。
10 Anoplotherium。
11 Mastodonte。
12 Megatherium。
13 Protopitheque。

整個化石世界在我的想像中復活

期的植物形動物[14]歸於烏有。地球上的所有生命都濃縮在我體內，在這生物絕跡的世界裡，只有我的心臟在跳動。四季不再，氣候不再，地球固有的熱氣不斷加劇，抵消掉太陽的熱氣。植物倍增。我像一道陰影，梭行蕨葉之中，我猶豫的腳步踏過泛出虹光的泥灰岩以及色彩駁雜的砂岩；我倚靠在粗巨的針葉樹樹幹上，睡在高三十公尺的楔葉、蘆木和石松的濃蔭之下。

世紀的流轉就像一天那樣過去了！我往上追溯地球一系列的變化。植物消失了，花崗岩喪失它們的硬度，在一個更強烈的熱能作用下，液態即將取代固態，水在地球表面流動，滾滾沸騰，它蒸發了，蒸氣包覆地球，地球逐漸變成一顆氣態球，熾熱得發白，碩大燦爛一如太陽！

我被拖進太空中，就在這個比地球有朝一日將會形成的星球一百四十萬倍大的星雲中！我的身體變得微渺，輪到我昇華了，像一顆無法過秤的原子，摻入這些在無限空間中劃出火燙軌跡的廣泛瀰漫的蒸氣。

好一個夢！我被帶到哪裡去了？我著魔的手在紙上畫下奇怪的細節。教授和嚮導還有木筏，我全都忘了！我的心思都讓幻覺奪占了……

14 Zoophyte。

「你怎麼了？」叔叔問。

我圓睜的雙眼集中在他身上，卻視而不見。

「小心，艾克賽，你要掉進海裡了！」

同時，我感覺漢斯一隻強而有力的手抓住我。沒有他，受夢境控制的我就會一頭栽入海浪中。

「他瘋了嗎？」教授叫道。

「怎麼了？」我終於回過神，問道。

「你生病了嗎？」

「沒有，剛剛神遊太虛了一下，但是過去了。都沒問題吧？」

「沒問題！順風，海又美！我們前進得很快，而且如果我的估計沒錯，我們很快就要登陸了。」

聽見這句話，我站起來巡視地平線，但是水天仍是一線。

33

八月十五日，星期六

大海一成不變地單調。仍然不見陸地。地平線未免太遙不可及。

我的頭還因爲做了一場激烈的夢而沉甸甸的。叔叔沒有做夢，但是心情惡劣。他用望遠鏡瀏覽空間的每個點，然後一臉氣惱，雙臂盤胸。

我注意到李登布洛克教授就快變回過去那個脾氣毛躁的人，我在日誌上記下這件事。我得歷經艱險，嘗盡苦頭，才能從他身上搾出一星半點的人情味來，但是自從我痊癒以後，他又故態復萌。可是他爲什麼要動怒呢？我們的旅程不是進行得很順利嗎？木筏不正以令人痛快的速度狂馳？

「您看起來很憂心，叔叔？」我說，看望遠鏡常常貼在他的眼睛上。

「憂心？不。」

「那是不耐煩了？」

「誰都會不耐煩，就算比這更小的事！」

「可是我們前進的速度很快——」

「那有什麼用？不是速度太慢，是海太廣了！」

於是我記起出發之前，教授估計這座地底海洋一百多公里長，可是我們已經走了三倍長的距離了，仍是遲遲不見南岸。

「我們下不去了！」教授繼續說。「我們只是在浪費時間。總之，我大老遠跑來這裡，可不是爲了在池塘上遊船河的！」

他竟然說渡海是遊船河，把這座海洋稱爲池塘！

「可是，」我說，「既然我們照薩克努森指示的路走——」

「這就是問題。我們走的眞是那條路嗎？薩克努森有碰上這座海嗎？他渡海了嗎？那條我們拿來當嚮導的小溪，沒有害我們走錯路嗎？」

「反正我們都走到這裡了，也不能後悔。這風景那麼優美，而且——」

「這不是看不看的問題。我既然爲自己立定了一個目標，我就要達到它！所以別再跟我提什麼欣賞風景！」

我沒有多說，讓教授自己去不耐煩地咬嘴唇。晚上六點，漢斯來索取他的工資，叔叔付了三銀元。

八月十六日，星期天

沒有新鮮事。甚至天氣都沒有變化。風有稍稍增強的趨勢。我醒來的時候，關心的第一件事就是察看電光的強度。我老是害怕電光變暗，然後熄滅。沒有這回事。木筏的陰影清晰地出現在海面上。

這海眞的浩瀚無垠！它應該和地中海一樣寬。或甚至大西洋，爲什麼不可能呢？

叔叔探測了好幾次。他把其中最重的一個十字鎬綁在繩子的尾端，他放出三百二十公尺的繩子。沒有觸底。我們費了好多力氣才把我們的探測器拉回來。

當十字鎬回到船上，漢斯讓我注意到它的表面出現非常明顯的痕跡。彷彿這塊鐵曾經被使勁地夾進兩個堅硬的物體之間。

我看著獵人。

「探達[1]！」他說。

我聽不懂。我轉向叔叔，他正潛心苦思，我不想打擾他，又回來望著冰島人。漢斯開開闔闔他的嘴巴好幾次，讓我明白他的意思。

「牙齒！」我驚愕地說，再把這塊鐵更仔細地看了一遍。

對！嵌入金屬的痕跡確是齒痕！長著這些牙齒的下顎，力氣應該非同小可！在這深海

1 tander，意指牙齒。

底下，會是比鯊魚的破壞力更大，比鯨魚還可怕，已經滅絕的怪物嗎？我的視線牢牢黏著這塊被啃噬大半的鐵條不放。我前一晚做的夢就要成眞了嗎？

這些念頭讓我心神不安了一整天，在幾小時的睡眠中，我的想像力幾乎靜不下來。

八月十七日，星期一

我企圖回想起遠古時代那些動物的特殊本能，這些動物是繼軟體動物、甲殼動物和魚類之後出現，但是早於哺乳類。當時的世界爲爬蟲類所有。這些怪獸稱霸侏羅紀的大海[2]。大自然賜予牠們最完整的構造。碩大無比！力大無窮！現今的蜥蜴類，例如短吻鱷或鱷魚，即便是體積最大、最凶猛的，比起牠們的遠祖，也只是小巫見大巫罷了！

我回想起這些怪獸就渾身打顫。沒有人類的眼睛見過生龍活虎的牠們。牠們出現在人類一千個世紀前的地球上，但是在英國人稱爲早侏羅紀的黏土石灰岩裡面所找到的化石，讓我們得以精確重建這些動物，認識牠們巨大的構造。

我曾在漢堡的博物館裡看過這些蜥蜴類之一長達十公尺的骨架。所以我這個地球人是注定要和遠古時代某個科的代表面對面嗎？不！不可能。然而，強而有力的咬牙痕跡深深

2原書註：侏羅山（Jura）的地層就是這時期的大海形成的。

刻在鐵條上面，而且我認出這些齒痕跟鱷魚的牙齒一樣呈錐形。

我兩眼恐懼地集中在海上。我深怕看見某隻海底洞穴的居民衝出海面。

我猜李登布洛克教授也有同樣的想法，不然就是和我一樣害怕，因爲他在檢查十字鎬之後，用眼光掃視大海。

「眞要命，」我在心裡說，「他發什麼神經去探測深度！這下驚動了某隻藏身海底的海獸吧！萬一我們在半途上被攻擊……」

我朝武器晃了一眼，想確認它們都完好無損。叔叔見狀，以動作表示贊同。

海面上已經產生大動盪了，這指出深海底下起了騷動。危機近在眉梢。我們必須保持警覺。

八月十八日，星期二

入夜了，或者應該說睡意讓我們眼皮鬆垂的時候，因爲海上沒有夜晚，電光不肯收勢，執意勞累我們的眼睛，我們彷彿在太陽下的北極海洋上航行。漢斯在掌舵。我在他値班的時候睡覺。

兩個小時後，一陣天搖地動把我晃醒了。一股無以名狀的力量使木筏被海浪推到四十公尺之外。

海面上已經產生大動盪了

「怎麼回事？」叔叔驚喊。「我們觸礁了嗎？」

漢斯的手指著近四百公尺的距離外，一塊時起時伏、黑乎乎的龐然大物。我看了看，喊道：

「好大的鼠海豚[3]！」

「對，」叔叔回應，「現在來了體積大得不像話的海蜥蜴[4]！」

「遠一點的地方有一隻猙獰的巨鱷！您看到牠的大下頷，還有那幾排牙齒了吧！噢！牠不見了！」

「鯨魚！有鯨魚！」教授喊道。「我看到牠的巨鰭了！快看牠從鼻孔裡排出來的空氣和水！」

果然，兩道水柱直衝霄漢。有這麼一群水中怪獸在身旁，我們只能驚訝，驚愕，驚駭。牠們的尺寸都超乎自然，當中體型最小的都能輕易一口咬碎木筏。漢斯為了避開這些惡鄰，意欲搶風行駛，但是他看見船的另一側有其他同樣可怕的敵人：一隻十三公尺寬的海龜和長達十公尺的海蛇，後者正將它的巨頭甩到海面上來。

---

3 marsouin。
4 lezard de mer。

我們不可能逃得掉。這些爬蟲往彼此靠攏，牠們繞著木筏游動的速度，就連飛速奔馳的火車都無法匹敵。牠們繞著木筏，畫出一圈又一圈的同心圓。我抄起卡賓槍，可是區區一顆子彈，又能在那些覆滿鱗片的身上造成什麼傷害呢？

我們驚駭得說不出話來。現在牠們靠過來了！一邊是鱷魚，一邊是海蛇。其他水中動物群都消沒了蹤影。我要開槍，但是漢斯一個手勢阻止了我。兩隻怪獸來到離木筏百公尺的地方，急於狠命相撲，狂怒矇蔽了牠們的雙眼，竟對我們視而不見。

牠們在離木筏兩百公尺的地方開戰。我們看得清清楚楚這兩隻怪獸的搏鬥。但是我覺得現在其他動物也過來加入戰圈了，鼠海豚、鯨魚、海蜥蜴、海龜。我隨時都可以看見牠們。我把牠們指給冰島人看。後者搖搖頭，表示不以爲然。

「帝瑪[5]。」他說。

「什麼？兩隻？他竟說只有兩隻怪獸……」

「他是對的。」叔叔叫道，望遠鏡沒有離開過他的眼睛。

「怎麼可能！」

「對！第一隻怪獸長著鼠海豚的口鼻，海蜥蜴的頭，鱷魚的牙，害我們上了當。這是

5 tva，意指二。

遠古時期最可怕的爬蟲——魚龍！」

「那另外一隻呢？」

「另一隻是藏在烏龜背甲裡的蛇，正是魚龍的死對頭——蛇頸龍！」

漢斯說得沒錯。才不過兩隻怪獸就能這樣讓海面翻騰，我眼前的是原始海洋中的兩隻爬蟲。我看見魚龍血紅的眼睛，足有一顆人頭那麼大。大自然賜予牠非常高強的視覺器官，能夠抵抗牠居住的深海中的水壓。有人正確無誤地稱牠「蜥蜴中的鯨魚」，因爲牠有鯨魚的速度和體型。這一隻不會小於三十公尺，當牠在海面上垂直豎起尾鰭的時候，我可以判斷牠有多麼龐然。而根據自然學家的說法，牠巨大的下顎裡至少有一百八十二顆牙。

蛇頸龍圓柱蛇身，尾巴短，腿的形狀如槳，全身覆蓋著背甲。牠的脖子如天鵝頸一樣可自由伸縮，在海面上豎起近十公尺高。

兩隻動物對決的肅殺之氣，筆墨難以描致。牠們掀起如山巨濤，直直延及木筏這邊。我們差點翻覆二十次！如破耳驚雷的嘯聲直逼我們的耳門。兩隻海獸鬥得難分難解，我無法分辨哪隻是哪隻！到時候勝利者的暴怒一定會嚇得我們魂飛魄散。

一個小時，兩個小時過去了，戰況依舊如火如荼。兩名鬥士忽遠忽近，我們靜止不動，準備開火。

說時遲，那時快，魚龍和蛇頸龍挖出一個巨大漩渦來，雙雙無影無蹤。所以這場戰鬥

一邊是鱷魚，一邊是海蛇

會在深海中結束？

一顆巨大頭顱驀地破水而出。是蛇頸龍。這隻海獸身負重傷，一息奄奄。我看不見牠的背甲了。只有牠的蛇頸直直豎起，然後倏然垂落，再豎起，又彎下，如同一條巨鞭抽打著海水，最後像一截斷身的蟲那樣蜷曲起來。海水四處飛濺，濺得老遠。水花使我們眼盲。但是蛇頸龍的垂死掙扎很快就接近尾聲了，牠的動作漸少，慢慢不再扭曲，然後這一大截蛇像一塊木頭，癱軟在趨於平靜的海面上。

那魚龍，牠回到牠的海底洞穴去了嗎？還會再出現海面上嗎？

34

八月十九日，星期三

謝天謝地，勁風吹著我們速速逃離戰場。漢斯還是在掌舵。叔叔因爲那場拚鬥的種種事件從原本的全神貫注中分了神，這會兒他又急躁地回去觀海。

旅途又回復千篇一律的單調，但是如果打破單調的代價是像昨晚那樣驚險百出，那還是保持現狀的好。

八月二十日，星期四

不甚穩定的北北東微風。氣溫高。我們以十四公里的時速前行著。

時近中午，遠遠傳來聲響。我詳實記錄下來，但無法提出解釋。轟鳴聲不絕於耳。

「遠方，」教授說，「有海水在沖激懸岩或某座小島。」

漢斯爬到桅杆頂，但是並未打出有暗礁的信號。海面一平如鏡，直至天邊。

三小時過去。轟鳴似乎傳自遠方的水瀑。

我向叔叔指出，他搖搖頭，但我卻有信心自己沒聽錯。所以我們正朝著某個即將把我們送進深淵裡的瀑布駛去嗎？這樣接近垂直的下去法，有可能會遂了教授的心意，但是對我而言……

總之，在上風處幾公里的地方一定有個嘈鬧的現象，因爲現在轟鳴聲以驚天動地之勢傳過來。這聲音是來自天空還是海裡呢？

我把目光帶往懸掛在空中的蒸氣，企圖探測它們的深度。天空很平靜。雲被帶往拱頂的最高處，似乎靜止不動，浸沐在強烈的電芒中。所以我必須往他處尋找這個現象的原因了。

於是我研究起沒有雲霧遮蔽、清晰的地平線。它的模樣沒有改變。但是如果聲音發自懸泉或瀑布，如果這座海洋正急忙流往內部盆地，如果這個巨響是一大片落水製造出來的，那流速勢必會加快，它增加的速度可以幫我衡量威脅著我們的危險。我察看水流。無波無浪。我丟下去的空瓶還留在下風處。

接近四點，漢斯起身，牢牢攀住桅杆，爬至頂端。他環視前方的海洋，然後停留在某一點上。他的臉沒有流露任何訝異神色，但是視線聚焦起來。

「他看見什麼了。」叔叔說。

「我想是。」

漢斯爬下來，接著朝南方伸出手，說：

「德尼爾[1]！」

「那邊？」叔叔問道。

叔叔抓住望遠鏡，專注地看了一分鐘，那一分鐘在我感覺來卻是一個世紀。

「對，對！」他大喊。

「您看見什麼了？」

「海面上立著一道巨大的水柱。」

「又是什麼海中生物嗎？那就稍微把航向往西邊調，因爲我們現在都知道碰上這些遠古時期怪獸有多危險！」

「我們繼續走。」叔叔答道。

我轉向漢斯。漢斯堅定不移地維持航向。

然而，假設我們和這隻生物相隔的距離估計至少四十五公里，而我們可以看見鼻孔排出的水柱的話，那牠的尺寸一定大的駭人。一般說來，逃跑是爲上策，但是我們可不是爲了小心行事才到這裡來的。

於是我們勇往直前。我們越是接近，噴射水柱就越是碩大。什麼樣的怪物能裝得下這麼多水，然後這般不間斷地源源排出呢？

---

1 der nere，意指遠方那邊。

到了晚上八點，我們距離牠已經不到八公里了。牠黝黑猙獰的龐然身軀，宛如一座小島鋪展在海上。是幻覺嗎？還是恐懼使然？牠的長度在我眼裡超過兩千公尺！這隻無論是居維葉還是布魯門巴赫[2]都未曾料想過的鯨魚，到底是哪一類的？牠紋風不動，好像在睡覺。似乎連大海也抬牠不動，反而是海浪在牠身側忽起忽落。水柱竄高到一個一百六十公尺的高度，再以裂耳的聲音落下。我們發了狂地朝這隻力大無窮的龐然巨物駛去，我看一天一百隻鯨魚都餵牠不飽。

我心膽俱裂。我不要再往前走了！如有必要，我會割斷帆索！我逆抗教授，他卻沒有搭理我。

漢斯倏地站起來，手指著那個煞氣騰騰的黑點：

「霍姆[3]！」他說。

「是島！」叔叔喊道。

「島？」輪到我聳起肩膀複誦。

「那水柱是？」

「間歇泉。」漢斯說。

2布魯門巴赫（Johann Friedrich Blumenbach，1752-1840）是德國醫生、自然學家、生理學家、人類學家。

3 holme，意指島。

「啊！不錯，是間歇泉！」叔叔應道，「跟冰島那些[4]一樣！」

起先我不願相信自己錯得這麼離譜，竟然把小島看成深海怪物！但是事實擺在眼前，我也不得不認錯。那只不過是個自然現象而已。

隨著我們駛近，水柱的尺寸更見雄偉。這座小島神似一隻頭高出海水二十公尺的巨鯨，無怪乎我會搞錯。間歇泉，冰島人稱作「給基福[5]」，爲「狂暴」之意，正莊嚴地傲立在小島盡頭。噴泉不時爆發如雷巨響，而那巨碩的水柱像是勃然暴怒，撼得蒸氣震震顫顫，同時彈跳到最低的那層雲上。它孤伶伶的。既沒有火山氣體，四周也沒有溫泉，火山的全部力量都濃縮在它體內。射過來的電光與耀目的水柱融合爲一，折射出繽紛的色彩。

「我們靠岸。」教授說。

但是我們必須仔細避開這個瞬間就能讓木筏沉沒，有如龍捲風一般的泉水。漢斯老練地操作，帶我們到小島彼端。

我跳上岩石，叔叔腳步輕快地尾隨，而漢斯像個見怪不怪的人，留在他的崗位上。

我們走在混合著凝灰硅質岩的花崗岩上，地面在我們腳下打顫，就如鍋爐的兩側有過

---

4 原書註：位在海克拉火山（Hekla）腳下非常著名的噴泉。

5 gysir。

「間歇泉。」漢斯說。

熱的蒸氣扭扭屹屹。地面熱燙燙的。我們來到一處，可以看見一個小型中央盆地，噴泉就矗立在內。我讓溫度計斜插入流動的滾水中，溫度計標示著一百六十三度的高溫。

所以泉水是從灼熱的爐心冒出來的，這和教授的理論相扞格。我忍不住跟他指出。

「是嗎？」他應道。「這證明了什麼？哪裡違背我的看法了？」

「沒什麼。」看見自己撞上一塊又臭又硬的糞坑石頭，我冷冷說道。

然而我不得不承認直到現在，我們特別受老天眷顧，而且因爲一個不明的緣由，整趟旅途中氣溫條件特殊，但是我覺得我們總有一天會到達那些熱度達到頂點，遠超過任何溫度計刻度的地區，這是顯而易見甚至確鑿的事。

我們到時候就知道了。這是教授的口頭禪。他在以姪兒名字爲這座火山小島命名之後，發出上船的信號。

我還多留連了幾分鐘凝望噴泉。我注意到水柱的噴射在入口處不太規則，力道偶爾會減弱，接著又勇猛地噴起來，我認爲是積聚在蓄水庫裡的蒸氣壓力變化使然。

最後，我們繞著南方的嶙峋巉岩離開。漢斯趁著這次暫停讓木筏恢復原樣。

不過我在離岸之前，做了幾項觀察，以便計算我們走了多少距離，然後記在日誌裡。

自從離開歌洛白港以後，我們橫渡了一千零八十公里，現在離冰島兩千四百八十公里，正好在英國底下。

35

八月二十一日，星期五

次日，那座壯觀的噴泉已經在視線之外。風勢轉強，我們很快地駛離艾克賽小島。轟鳴水聲逐漸轉弱。

天氣——如果可以這麼稱呼的話——不久就要變壞了。大氣充滿水蒸氣，水蒸氣挾帶鹽水蒸發所形成的電光，雲壓得老低，染上單一的慘綠色調。這面半透明的簾幕低垂在暴風雨戲碼即將上演的舞台上，電光幾乎穿它不透。

我感覺到特別印象深刻，就像地球上所有生物在大難臨頭時的感覺那樣。「積雲1」在南方堆垛，一副陰慘慘的模樣，很有我常在暴風雨前夕留意到的「冷酷無情」的外表。空氣沉滯，水靜無波。

遠處的雲有如一朵朵凌亂但不失雅致的大棉球，它們逐漸膨脹，減少了數量，卻增加了體積。它們沉甸甸的，脫離不了地平線，但是在高處氣流的吹拂下，逐步融合無間，灰

1原書註：圓弧狀的雲。

暗下來，然後轉眼間就會變成令人畏懼的單一雲層。偶爾，一團仍然明亮的蒸氣跳上這片灰地毯，立時就消沒在半透明的大塊烏雲裡。

顯然大氣飽和了水氣，我全身濡濕，頂上的毛髮倒豎，有如待在一台電動馬達旁邊。我覺得如果我的同伴這時候碰觸到我的話，就會遭受猛烈的電擊。

早上六點，暴風雨的徵兆益發明確，風力減弱彷彿是爲了先好好緩一緩氣，天幕恰似一只巨大的羊皮袋，裝滿了暴風雷雨。

我不願相信來自天空的威脅，然而我忍不住脫口而出：

「要變天了。」

教授沒有搭腔。看著大海在他眼前延伸無限，他的心情糟透了。他對我說的話聳聳肩。

「暴風雨要來了，」我說，朝地平線伸出手，「那些雲低低壓在海面上，就要把它壓扁了！」

一片沉寂。風也住口了。大自然有如死屍，停止了呼吸。我已經看見一星微弱的聖艾爾摩之火[2]出現在桅杆上，鬆軟的船帆沉重地、皺巴巴地垂墜著。木筏在水波不興的沉厚

2聖艾爾摩之火（St. Elmo's fire）是一種自然現象，經常在暴風雨下的船隻桅杆頂端可以看見這種藍白色閃光。

大海中央靜止不動。但是，如果我們不走了，留著這面可以在暴風雨的首波攻擊下害我們沉船的帆有什麼用呢？

「把帆拉下來，」我說，「推倒桅杆！這樣比較安全！」

「見鬼，不行！」叔叔吼道，「一百個不行！就讓風抓住我們！讓暴風雨捲走我們！只要它讓我看見對岸的岩石，當我們的木筏撞碎在那上面的時候！」

他話還沒說完，南方的地平線就倏地走了樣。堆積的蒸氣化成水，而被暴烈召喚來填補凝結造成的空隙的空氣，變成颶風。它來自岩窟最深遠的盡頭。黑暗加倍濃重。我勉爲其難記了幾筆不完全的內容。

木筏被高高舉起，抖抖跳跳。叔叔被彈了上去。我朝他匍匐而去。他牢牢緊抓著纜繩的一端，看起來正津津細瞧各種狀況接踵而來的場面。

漢斯沒有移動。颶風把他的長髮往後颳，再吹回他漠然不動的臉上，給他一副奇異的外貌，因爲他的每一根髮梢都豎著閃閃發亮的靜電。他彷彿戴著遠古時期人類的駭人面具，和魚龍、大地懶生活在同一個時代。

但是桅杆還撐得住，船帆像一顆即將被刺破的氣泡繃得緊緊的。木筏狂馳的高速我無法估計，卻遠不如在它底下移動的水滴快，水滴飛快形成一條條筆直又清晰的線條。

「帆！帆！」我說，示意要把帆拉下來。

他的每一根髮梢都豎著閃閃發亮的靜電

「不可以！」叔叔回答。

「內[3]！」漢斯說，輕輕搖搖頭。

然而雨水在地平線之前漫成一簾轟然雷動的水瀑，我們失心瘋似地朝地平線駛去。但是在水瀑到達我們之前，雲的紗帳瞬時破開，猶如沸騰的海水湧入，而在上方雲層裡廣泛進行的化學作用製造的電，也被牽連了進來。雷閃融合電光，無數的電芒在咆天哮地的聲響中穿梭交錯。團團蒸氣變得白熱，閃閃發亮的落雹擊打我們工具或武器上的金屬。掀起的浪濤看起來就像一座座火山丘，底下潛伏著烈火，而每朵浪尖都裝飾著火燄。

強光耀得我眩目，閃電的轟隆聲震得我耳膜破裂。我必須抓住桅杆，它卻像惡風下的蘆葦那樣彎折了！

……………………

（我的筆記在這裡變得非常不完整。我只找回一些反射性記下來、稍縱即逝的觀察。內容儘管簡略，甚至費解，卻都烙印著當時支配我的情緒，帶出當下的感受，遠比我的記憶更生動。）

……………………

---

3 nej，意思是否定。

八月二十三日，星期日

我們在哪裡？一道無可匹敵的速度帶著我們走。

過了心驚膽跳的一夜，暴風雨兀自未息。我們四周都讓聲音塡得飽滿，震天巨響轟隆不絕。我們的耳朵都出血了，也無法交談。

閃電持續不休。我看見倒退的Z形閃電在迅速射出後，從下面或上面來來回回，擊打花崗岩拱頂。萬一拱頂塌下來了呢？其他閃電不是分枝開叉，就是變成火球，像炸彈一樣爆開。整體的聲量似乎沒有升高，因爲它已經超過人耳所能接收的極限了，就算世界上所有火藥庫碰巧同時炸掉了，「我們也不會聽得比較清楚」。

雲層表面有不停歇的光照，帶電物質不斷釋放它們的分子。空氣的構造當然出現變化，因爲有無數的水柱衝向大氣，再冒著水沫落下。

我們要去哪裡？叔叔直挺挺躺在船梢。熱氣加劇。我看著溫度計，它指著……

（數字被抹掉了。）

八月二十四日，星期一

簡直沒有結束的一天！爲什麼這片密度如此大的大氣，狀態出現變化後，不會恢復穩定呢？

我們已經筋疲力盡到骨頭都快散了。漢斯還是老樣子。木筏如常朝東南方駛去。自從離開艾克賽小島以來，我們已經航行八百公里以上了。

中午，颶風的威力加劇。我們必須牢牢繫上船上的所有物品。我們自己也彼此綁在一起。海浪飛越我們的頭頂。

三天來，我們連一句話都不可能交談。我們張開嘴巴，抖動嘴唇，完全發不出聽得見的聲音。就算附在耳邊說話，也聽不見彼此。

叔叔湊近我。他字正腔圓說了幾句話。我想他對我說「我們迷路了」，但是我不確定。

我決定寫下這句話給他：「拉下我們的帆。」

他表示同意。

他還來不及仰起頭，一枚火球就出現在木筏邊。桅杆和帆整個飛掉了，我看著它們直飛天際，好似翼手龍這種遠古異鳥。

我們嚇得魂飛魄散，僵立不動。半白半蔚藍的火球像是一顆近三十公分的炸彈，緩緩移動，在颶風的長尾巴下，的溜溜轉著。它忽遠忽近，攀上木筏的骨架之一，跳上糧食袋，再輕靈地下來，跳躍，擦過火藥箱。恐怖的一刻！我們就要爆炸了！不！耀眼奪目的火球飛開，欺近漢斯，漢斯目不斜視地盯著它；它接近叔叔，叔叔急巴巴跪地躲避；它靠近我，熾熱電光的光輝照得我面色死白，哆嗦打顫。它在我的腳邊迅速旋轉，我試著把腳抽走，但是辦不到。

一股亞硝氣味充斥大氣，它鑽進喉嚨、肺部。我們就要窒息。

我爲什麼沒辦法挪開我的腳呢？我的腳被釘在木筏上了嗎？啊！這顆火球吸引了船上所有鐵塊，科學儀器、工具、武器躁動不安，相互撞擊，發出刺耳的噹啷聲響，我鞋子上的釘子死死地黏著一塊嵌在木板上的鐵片。我拔不起我的腳！

最後，我在火球即將回轉，抓住我的腳，把我拖走的那一刻，以吃奶的力氣使勁一提，把腳拔開了……

啊！一陣光華射目的光，火球爆炸了！我們全身覆滿了火星！

緊接著，四周全都暗了下來。我只來得及看見叔叔躺在木筏上，漢斯依然掌著舵，還因爲電流進入他體內而「吐著火」！

我們要去哪裡？我們要去哪裡？……

八月二十五日，星期二

我昏厥了好久，終於醒過來。暴風雨尚未停歇，閃電霹霹靂靂地好像一窩被甩到大氣

我們全身覆滿了火星！

中的蛇。

我們還在海上嗎?是的，而且以一道無法估算的速度被捲著跑。我們已經航經英國、英吉利海峽、法國的底下，或許全歐洲……

又傳來異響!當然，是大海撞碎在懸岩上的聲音!可是這時候……

36

我口中的「航海日誌」就在這個地方結束。日誌很幸運地從船難被解救下來。我會接下去記述，就像之前一樣。

木筏衝撞海濱暗礁的情形，我無法描述。我感到自己直墜墜栽進浪濤中。如果我死裡逃生，如果我的軀體沒有被尖銳的岩石撕裂，全是因爲漢斯強健的手臂將我從鬼門關裡拉出來。

這位英勇的冰島人把我攙到海浪不及之處，我和叔叔並躺在滾燙的沙子上。接著他回到有怒濤拍岸的岩石那邊去搶救殘骸。我說不出話來，我驚魂未定同時疲軟力虛，我需要一整個小時恢復。

大雨依舊滂沱，不過雨勢增強預告了暴風雨即將收煞。幾塊重疊的岩石提供給我們一個避雨處，躲開從天而降的滔滔洪流。漢斯準備了一點食物，我沒辦法碰，接著，經過前三夜的折騰，我們個個渾身痠痛，疲然入睡。

次日晴空萬里。天空和大海上下一心，平靜了下來，絲毫不見暴風雨的痕跡。迎接我甦醒的，是教授開心的話聲。他整個人歡天喜地的。

「怎麼樣啊，孩子，」他大聲說道，「睡得好嗎？」

聽到這問候，誰不會以爲我們還在國王街的家裡，我正從容地下樓用餐，而且當天就要舉辦我和可憐的歌洛白的婚禮呢？

唉！暴風雨只要稍微把木筏往東邊丟，那我們就能經過德國底下，我親愛的漢堡城下，這條住著我鍾愛的心上人的街道下方。我們之間只隔著一百六十公里哪！只不過是花崗岩厚壁垂直向下的一百六十公里，而且其實需要跨越四千公里以上的距離！

在我回答叔叔的問題之前，這些令我痛心的念頭迅速略過我的腦海。

「啊，」他又說，「你不想告訴我你睡得好不好嗎？」

「很好，」我答道，「就是骨頭都散了，不過之後就會沒事了。」

「絕對會沒事，就是有點累而已嘛，沒別的。」

「您今天早上好像很開心，叔叔。」

「是喜出望外，孩子！喜出望外！我們到了！」

「我們的遠征結束了？」

「不是，我們來到這座無垠大海的盡頭了。我們現在要走陸路，直直深入地球內部。」

「叔叔，請容我問一個問題。」

「我准，艾克賽。」

「回程呢？」

「回程！啊！我們都還沒到，你就想著要回家了啊？」

「不是，我只是想問回程要怎麼走。」

「用全世界最簡單的方法啊。一旦抵達地球中心，我們要不是找一條沒走過的路，爬上地表，就是悠閒地再走來時路囉。我想它總不會在我們走過之後就封起來了。」

「那就得把木筏恢復原狀。」

「一定要。」

「但是糧食呢？剩下的還夠我們做完這麼多事嗎？」

「當然夠。漢斯這麼能幹，我很確定他把絕大部分的載貨都救下來了。我們乾脆去確定一下吧。」

我們離開這座四面透風的洞穴。我有一個希望，但是那個希望同時也是個擔憂。我覺得木筏的激烈碰撞不可能沒有摧毀船上所有物品，不過我錯了。我到達海岸的時候，我看見漢斯在一大堆整理得井然有序的物品中間。叔叔跟他握手的時候，幾乎感激涕零。這個男人盡忠職守的精神無人能及，甚至空前絕後，在我們睡覺的時候仍繼續工作，拚死救下了最珍貴的物品。

這並不代表我們沒有什麼損失，例如武器，但是我們沒有武器其實也無妨。險些在暴風雨中炸光的火藥完好無缺。

「好吧，」教授大聲說，「沒了槍，我們唯一的損失就是不能打獵了。」

「好，那科學儀器呢？」

「最有用的壓力計在這裡，我寧願把其它的都送走！有了它，我就能計算深度，知道我們何時抵達地心。沒有它，我們有可能走過頭，從對蹠點出來了！」

看來他開心得快飛上天了。

「羅盤呢？」我問。

「在這裡，在這塊岩石上，完好無損，還有時計跟溫度計。啊！漢斯真是個難能可貴的人才！」

我得說在科學儀器方面，什麼都沒有短少。至於工具和機械，我看見散置在沙子上的有梯子、繩索、鶴嘴鋤、十字鎬等等。

但是還有糧食問題必須釐清。

「糧食呢？」我問。

「來看看。」叔叔回答。

裝糧食的箱子保存完整地鋪排在沙灘上，大海饒過了大部分，總之有餅乾、肉乾、杜松子酒和魚乾，我們有四個月的糧食可以指望。

「四個月！」教授驚喊。「足夠我們來回了，吃剩的我還可以拿回去餽饗我約翰學院的同事呢！」

我早該習慣叔叔的脾氣，但是這個人還是不住地令我驚奇。

「現在我們去儲水，」他說，「暴風雨倒了不少雨水在花崗岩盆地裡，我們不必擔心會口渴了。至於木筏，我會囑付漢斯盡他的能力修好，雖然我猜想我們應該用不著了。」

「什麼意思？」我驚喊。

「只是我的一個想法，孩子！我想我們不會從進來的地方出去。」

我狐疑地盯著教授看，納悶他是不是瘋了。然而他不知道「自己有多麼料事如神。」

「來吃飯吧，」他繼續說。

他給獵人幾個指示後，我跟著他來到一座位在高處的岬角。我們在那裡享用了肉乾、餅乾和茶組成的美味的一餐，我必須承認，這是我人生中吃過最可口的其中一頓飯。飢餓、戶外的新鮮空氣、風雨過後的平靜，全都對我的胃口大開貢獻良多。

用餐時，我問了叔叔一個問題，想知道我們現在在哪裡。

「我覺得這個，」我說，「好像很難計算。」

「要算得很準確的話是沒錯，」他答道，「甚至不可能，因爲這三天的暴風雨，我沒辦法記錄速度和木筏的航向，但是我們可以大概指出我們的位置。」

「的確，最後做的一次觀察是在噴泉那座小島——」

「艾克賽小島，孩子。能用自己的名字爲第一座在地球內部發現的小島命名是個光榮，不要拒絕它。」

「好吧！在艾克賽小島，我們橫渡了大約一千公里，當時我們位在離冰島兩千四百公里以上的地方。」

「好！那我們就從這裡開始，再加上四天的暴風雨，這段期間我們的速度不該低於一天三百二十公里。」

「我也這樣想。所以要再加上一千兩百公里。」

「對，從李登布洛克海的一個岸到另一個岸大約是兩千四百公里！你知道嗎，艾克賽？它這麼大，可以媲美地中海哩！」

「對，尤其是如果我們橫越的只不過是它的寬度而已！」

「這很有可能！」

「有件事很奇怪，」我補充說，「如果我們的計算無誤，我們的頭頂上現在就有那個地中海。」

「眞的嗎？」

「眞的，因爲我們現在離雷克雅維克三千六百公里！」

「那還眞是好長一段路哪，孩子。不過，就算我們在地中海之下，而不是土耳其或大西洋，也不能肯定我們的航向沒有改變。」

「不，風似乎沒有斷過，所以我想這個海岸應該位在歌洛白港的東南方。」

「好，查看羅盤，要確定就不難了。我們去看羅盤吧！」

教授朝漢斯放羅盤的那顆岩石走過去。他喜孜孜的，腳步輕快，搓著手，還擺姿勢耶！眞是個老頑童！我跟著他，頗好奇我有沒有估計錯誤。

叔叔來到岩石邊，拿起羅盤，將它水平擺著，細看它的指針。指針一陣擺動，然後在磁場的影響下停在一個固定位置上。

叔叔看了看，緊接著揉揉眼睛，再看一次。最後他張大眼睛驚愕地回到我旁邊。

「怎麼了？」我問。

他作勢要我去自己去看羅盤。我也忍不住失聲驚呼。在我們推測爲南邊的方向，卻是指針尖端指示的北方！它轉回沙灘方向，而不是大海！

我搖搖羅盤，檢查它，它的狀況良好。無論我們怎麼擺，它的指針總是頑固地轉回這個意外的方向。

因此，無需懷疑，我們在暴風雨中沒有注意到風向急轉了：風把木筏帶回叔叔以爲留在他背後的海岸上。

37

我不可能描述李登布洛克教授身上紛沓而來的感受，驚愕，懷疑，最後是憤怒。我從來沒見過哪個人先是這麼狼狽，然後又那麼生氣。渡海的勞頓、重重的危難，全都要重來一遍！我們沒有前進，反而倒退了！

但是叔叔很快就振作起來。

「啊！造化弄人！」他吶喊。「大自然串通起來對付我！空氣、火和水齊心協力阻撓我通過！好啊！那就讓它們瞧瞧我的意志力有多大能耐。我不會屈服的，一步都不會退縮，我們來看看最後誰占上風，是人還是大自然！」

奧圖・李登布洛克站在岩石上，氣憤難平，口出威脅，宛若凶惡的埃阿斯[1]，彷彿正在對眾神下戰書。但是我認為該過去制止他繼續瘋狂地激憤下去。

「聽我說，」我語氣堅定地對他說。「在這人世間，再大的野心都有個極限。我們不

1 埃阿斯（Ajax）是希臘神話中，特洛伊戰爭的英雄。根據傳說，他在特洛伊陷落後，闖進阿波羅神廟強擄、姦污特洛伊公主兼祭司卡桑德拉（Cassandra）。他雖驍勇善戰，卻驕矜狂妄，最後自取滅亡。

應該鑽冰取火。我們的配備很差，沒辦法在海上旅行，拿被子當帆，棍子作桅杆，還有拼拼湊湊的橫木，這樣子是沒辦法對抗狂風，走完兩千公里的。我們無法駕馭，我們是暴風雨的玩物，要橫渡大海是不可能的，只有瘋子才會再試一次！」

我可以接連提出這些無法反駁的理由整整十分鐘而不被打斷，但這只是因爲教授心不在焉，我講的道理他一句也沒聽進去。

「上船！」他喊道。

這就是他的回答。儘管我爭論了，懇求了，發火了，還是無法動搖叔叔比花崗岩還堅硬的意志力。

漢斯此刻修理完木筏，彷彿他這個怪人早猜到了叔叔的計畫。他添加了幾塊化石木來強化木筏。帆已經掛在上頭了，風正在它飄颺的皺摺間玩耍。

教授對嚮導說了一些話，後者立刻把行李搬上船，爲啓航打點好一切。空氣頗爲純淨，西北風也穩穩地吹颳。

我能怎麼辦呢？一個人抵抗兩個人？不可能。漢斯站到我這邊來的話，說不定還有希望。但是沒有！冰島人似乎已經把個人的意志擺到一旁了，誓言自我犧牲。我在這位如此聽從主子的雇工身上是得不到支持的。必須往前走了。

所以我過去坐在木筏上的老位子，這時叔叔出手阻止我。

「我們明天才出發，」他說。

我的動作就像一個任人擺佈的人。

「我疏忽不得，」他繼續說下去，「命運之神既然把我推向海岸的這一端，在認識它以前，我絕對不會離開。」

當我們得知我們回到北海岸，而不是當初離開的地點，我可以理解叔叔何以這麼說。歌洛白港理應往西方偏一點。從這時起，沒有什麼比仔細探勘這個新著陸點的周圍環境更有道理。

「我們去看看能發現什麼吧！」我說。

留下漢斯忙他的活，我們離開了。從濱海處到岩石扶壁腳邊之間的範圍相當寬闊。在抵達岩壁前，我們可以走上大半個小時。我們的腳踩過無數不同形狀、不同體型的巨大貝殼，裡面曾經住著原始動物。我也看到巨碩的背甲，直徑往往超過五公尺。它們曾經屬於上新世的龐大雕齒獸，跟它一比，今日的烏龜只是迷你模型。此外，地面布滿了大量殘石，類似被海浪磨圓的鵝卵石，上有侵蝕出來的連續條痕。於是我推斷大海昔日占據過這個地方。今日那些星散的岩石已經在海浪不可及之處，但仍留有海水經過的明顯痕跡。

這可以部分解釋地表底下一百六十公里處有這座海的存在。但是根據我的看法，這片汪洋應該逐漸流失在地球內部，而它自然是來自透過某道裂縫鑽進來的海水。然而我們必須認同這道裂縫已經堵上了，因爲這一整個岩窟——或說得更確切一點——這座遼闊的水庫在頗短的時間內就被注滿了。也許這水甚至跟地底下的火廝拼過，一部分蒸發掉了。這解釋了爲何我們頭頂上有高懸的雲，以及在地球內部製造雷雨的放電現象。

這個解釋了我們見證過的那些現象的理論，在我看來還算滿意，因爲大自然再如何神奇，總是可以用物理的原理來解釋。

我們走在海水形成的沉積地層上，這個時期的地層廣佈在地表上。教授凝神察看岩石的每個裂縫。無論什麼樣的開口，他都覺得重要到需要探測其深度。

我們沿著李登布洛克海岸走了兩公里路的時間，地面驟然變了模樣，看似因爲內部地層劇烈的抬升而變形震裂。多處的凹陷和隆起證實了岩體曾經出現猛烈的位移現象。

我們在這些混合了燧石、石英和沖積物的花崗岩裂口上，舉步維艱，此時我們眼前出現一塊田，嚴格說來不是田，而是枯骨原野。二千年來，各個世代的動物在這裡混雜永恆的骨灰，使得此地形同一座遼闊的墳場。一些高高突起的殘骸在遠處層層疊疊，高低起伏直達地平線盡頭，然後隱沒在漸斂的霧裡。在那六公里見方的土地上，也許堆垛著整段動物史，在這些對地球而言尚且太年輕的地層上，留下片鱗半爪。

然而急不可耐的好奇心拖著我們往前。我們的腳踩踏在這些史前動物的殘骨上，發出脆響，這些罕見的化石殘骸能引起覬覦之心，許多大城市的博物館絕對會競相爭奪。這些動物

我們的腳踩踏在這些史前動物的殘骨上

躺在這個壯觀的骸骨堆裡，就算有一千個居維葉，也不夠重組這些有機生物的骨骼。

我愣怔當場。叔叔已經朝充當我們天空的厚拱頂，舉起他的長手臂。他的嘴巴張得老大，眼睛在鏡片下炯炯發光，上下左右擺動他的頭，整個姿態把一個無窮的驚訝表露無遺。他站在一個極其寶貴的收藏之前，隱獸、反芻獸、稜齒獸、無防獸、大地懶、乳齒象、原猴、翼手龍等，這些遠古時代的怪獸全都堆在那兒滿足他個人。試想一位滿腔熱情，有藏書癖的人，忽然被送到毀於奧瑪，又奇蹟般地從灰燼中重生的亞歷山大圖書館[2]去！我的叔叔李登布洛克教授就是這麼滿腔熱情。

但是，當他跑過揚起的火山灰，抓住一顆光禿禿的頭骨時，就完全是另一種讚嘆了。他以顫抖抖的聲音喊道：

「艾克賽！艾克賽！一顆人頭！」

「叔叔，人頭？」我一樣驚愕。

「是的，姪兒！啊！米爾恩—艾德華先生！啊！卡特爾法哲先生[3]！我多希望你們就站在我，奧圖．李登布洛克身邊啊！」

2建於西元前三世紀的埃及，亞歷山大圖書館曾經是世界上最大的圖書館，後來遭受回祿之災，圖書館及其館藏全都燒得一絲不剩，沒有留下任何實體證據，因此後世對於圖書館消亡的確實原因所知甚少，但是很多歷史學家都相信阿拉伯人在七世紀入侵亞歷山卓城時，在奧瑪（Omar）哈里發的命令下焚毀圖書館。

3卡特爾法哲（Jean-Louis Armand Quatrefages de Breau，1810-1892）是法國自然學家。

38

想理解叔叔何以提及這兩位傑出的法國學者，就不能不知道在我們出發之後不久，古生物學界裡發生了一樁重大事件。

一八六三年三月二十八日，挖土工人在布歇—德佩爾特[1]的帶領下，挖掘法國索姆省阿布維爾附近的慕蘭紀儂採石場，在地底下四點五公尺處發現一個人類下顎。這是這個種類第一個出土問世的化石。在它的附近還找到石斧，還有加工上色過的燧石，上頭統一罩著年深日久而出現的色澤。

這個發現不只在法國造成很大的轟動，還有英國和德國。許多法蘭西學院的學者，尤其是米爾恩—艾德華和卡特爾法哲兩人非常重視此事，證明這塊人骨化石的眞實性無可爭議，並且成爲這起英國人稱爲「下顎訴訟案件」最積極的辯護人。

認爲此事屬實的英國地質學家如法科納[2]、巴斯克[3]、卡本特[4]等人，都和德國的學者

1布歇—德佩爾特（Jacques Boucher de Perthes，1788-1868）是法國史前歷史學家。
2法科納（Hugh Falconer，1808-1865）是蘇格蘭地質學家、古生物學家。
3巴斯克（George Busk，1807-1886）是英國外科醫生、動物學家、古生物學家。
4卡本特（Philip Pearsall Carpenter，1819-1877）是英國牧師及軟體動物學家。

爲伍，而這群德國學者之中，首推我叔叔——最激切、最熱情的李登布洛克。

因此第四紀人類化石的公證性似乎板上釘釘了。

不過這個理論也的確有一個窮追猛打的對手——艾利・德・波蒙[5]。這名頂尖的權威學者支持慕蘭紀儂的地質不屬於「洪積世[6]」，而是一個沒那麼古老的地層，他也同意居維葉，不承認人類會和第四紀的動物生活在同一個時代。跟大多數地質學家意見一致的李登布洛克站穩腳跟，爭辯，討論，後來波蒙先生幾乎是他那一派碩果僅存的人物。

我們全都深知此事的原委，但是我們不知道的，是我們離開之後，這個問題有了新的進展。法國、瑞士、比利時的某些洞穴的疏鬆灰色土壤裡，都發現到其他一模一樣的下顎，儘管屬於不同體型、不同國籍的人種。此外還有武器、器皿、工具、孩童、青少年、男性跟老人的骸骨。因此每一天都更加肯定第四紀就有人類存在。

事情還沒完。一些在第三紀上新紀地層裡新出土的殘骸，讓更爲大膽的學者們得以確定人類歷史實則更加古老。這些殘骸的確不是人骨，只是工藝品，還有動物的脛骨、股骨化石，但是上面有規律的條痕，甚至可以說是雕刻出來的，帶著人工痕跡。

---

5 艾利・德・波蒙（Leonce Elie de Beaumont，1798-1874）是法國地質學家。

6 洪積世爲地質時代第四紀的早期。

因此人類的歷史一下子就往前追溯了好幾百年。人類誕生在乳齒象之前，成爲「南方猛獁」的同輩。人類已經存在十萬年了，這是上新世方面最知名的地質學家所訂定的年份。

這便是古生物學在當時的狀態，而我們所知的，足以解釋我們見到李登布洛克海百骨蔽野的情景時的態度。因此大家都能理解我叔叔的驚愕和喜悅，尤其是離我們二十步遠的地方，他和第四紀人類之一幾乎可說是面對面。

這是一具歷歷可辨的人體。這裡的土質跟波爾多聖米歐爾墓園[7]的一樣，所以是這種特殊土質將屍骨保存了數世紀久嗎？我不知道。但是這具木乃伊的皮膚緊繃乾癟，四肢依舊柔軟（至少看起來如此），牙齒完好無缺，頭髮豐密，手腳的指甲都大得嚇人，儼然就是他生前的模樣。

面對這名另一個時代的人類，我啞然無語。平時喋喋不休，最愛慷慨陳詞的叔叔，也有口無言。我們舉起這具屍骨，把他豎立起來。他用空洞的眼眶看著我們。我們拍了拍他的胸腔，發出響亮的聲音。

7 一七九一年，聖米歐爾大教堂的舊墓園進行重整工程，施工時從地底下挖掘出幾十具因爲黏土而保存良好的木乃伊。這些木乃伊曾經被擺在地下墓穴裡供人參觀，後來重新下葬在波爾多的沙特勒斯墓園（Cimetiere de la Chartreuse）中。

這是一具歷歷可辨的人體

沉默了半晌之後，叔叔體內的教授又占了上風。奧圖・李登布洛克本性難移，渾忘了我們正在旅行、我們的所在、容納我們的廣大岩窟。他一定以爲自己在約翰學院，正當著學生的面講課，因爲他換上一副正經八百的口氣，對著一群想像出來的聽眾說話。

「各位先生，」他說，「我有這個榮幸爲你們介紹這位第四紀的人類。有卓越的學者否認他的存在，其他毫不遜色的學者則予以肯定。那些古生物學中的聖多瑪[8]如果在場，將會用手指觸碰他，並且被迫承認他們的錯誤。我很明白科學應該提防這種發現，我不會不知道巴納姆[9]和其他一丘之貉的江湖郎中，對人類化石做過的惡行。我聽過保薩尼亞斯[10]說的埃阿斯的髖骨，宣稱斯巴達人找到俄瑞斯忒斯[11]的骸骨，艾斯忒里昂[12]的屍骨有十腕尺長[13]那些故事。我也讀過一些報告，是關於十四世紀在特拉帕尼[14]發現，咸認爲是

8聖多瑪曾懷疑耶穌復活，非要觸摸他的傷口才肯相信，後比喻凡事都要眼見爲憑的人爲聖多瑪。
9巴納姆（Barnum，1810-1891）是美國馬戲團經紀人，他的馬戲團因爲充滿了奇怪展品而著名。
10保薩尼亞斯（Pausanias）是古希臘的地理學家、旅行家。
11俄瑞斯忒斯（Orestes）是希臘神話中阿迦門農與克呂泰涅斯特拉之子。呂泰涅斯特拉與情夫一起謀害了阿迦門農，俄瑞斯忒斯弒母爲父報仇。他是許多古希臘悲劇的主角。
12艾斯忒里昂（Asterion）即希臘神話中牛頭人身彌諾陶洛斯的別名。
13是一種古老的長度單位，以手肘爲測量標準，法國一般認爲一腕尺相當於45公分。
14特拉帕尼（Trapani）是義大利一座城市。

波呂斐摩斯[15]的骸骨，以及十六世紀在巴勒摩[16]挖掘出來的巨人傳說。各位先生，你們也都跟我一樣，知道一五七七年在琉森附近為一副巨型骸骨做的分析，名醫菲利斯・普拉特[17]宣稱那屬於一名六公尺高的巨人所有！我也生吞活剝了卡薩尼昂的論著，以及所有出版過的有關一六一三年，在多菲內的採沙場出土的高盧入侵者——辛布里國王條頓波敘[18]骸骨的論文集、手冊、正反答辯！如果我生在十八世紀，就會跟皮耶・康佩爭論施瓦澤[19]的亞當之前人類就存在的說法！我手中還曾經有一本著作，名為《巨……》」

叔叔的老毛病這時又犯了，他在大庭廣眾之下念不出複雜的詞。

「名為《巨……》，」他繼續說。

他沒辦法再說下去了。

「《巨……骨……》」

不可能！這該死的詞就是不肯出來！如果在約翰學院就會惹來一陣哄笑了！

15 波呂斐摩斯（Polyphemus）是海神波塞頓的獨眼巨人兒子。
16 巴勒摩（Palermo）是西西里島的首府。
17 菲利斯・普拉特（Felix Platter，1536-1614）是瑞士醫生、植物學家。
18 條頓波敘（Teutobochus）是一名傳說中的巨人，同時也是條頓人的國王。
19 施瓦澤（Johann Jakob Scheuchzer，1672-1733）是瑞士醫生、自然學家。

「《巨骨學[20]》。」教授總算說完這個詞，中間不忘罵罵咧咧。

接著又更加來勁地繼續說下去。

「是的，各位先生，我全部知情！我也知道居維葉和布魯門巴赫在長毛象這種通俗無奇的化石和其他第四紀動物化石的領域裡是很出名的。但是在這裡，一丁點疑慮都會是對科學的侮辱。人體就在這裡，你們可以看他，摸他！這可不是一具骸骨，是一具完好無損的人體，只爲了人類學而保存！」

叔叔說得太肯定了，但我很樂意不去反駁他。

「如果我可以把他浸在硫酸裡，」叔叔還在說，「就能洗去泥土還有這些嵌進他身體的發亮貝殼，可惜我手邊沒有這珍貴的溶劑。然而，這個模樣的他，這樣的一具人體，將會對我們訴說他自己的故事。」

這時，教授拿起那具人類化石擺弄，如同一位珍奇秀的主持人那般熟練。

「你們看，」他繼續說下去，「他不到兩公尺高，根本不是所謂的巨人，還差得遠呢。至於他屬於什麼人種，不用懷疑，就是高加索人種。跟我們一樣的白種人！這具化石的頭顱呈規則的卵狀，沒有高突的顴骨，沒有前伸的下顎。他絲毫沒有下顎突出症這個修

---

20 Gigantosteologie。

改面角[21]的特徵。讓我們來計算他的面角角度，幾乎是九十度。但是我還要再深入推理一點，我敢說這個人類屬於分佈在印度直到西歐的印歐人種。各位不要笑！」

沒有人在笑，但是教授已經太習慣在他傳道授業的時候，看見一張張喜動顏色的臉了！

「是的，」他又生氣勃勃地重拾話頭，「這是一具人類化石，和乳齒象活在同一個時代，乳齒象的枯骨遍布這個講堂。但是告訴你們他是經由哪一條路抵達這裡，這掩埋他的地層又是如何滑到地球內這座廣闊無邊的岩窟裡來，卻是我能力所不及。毫無疑問的，第四紀的地殼仍然動蕩不安，地球持續冷卻造成這些裂口、縫隙、斷層，一部分的上方地層可能從中滾下來。我不表達意見，但是總算這個人在這裡，身邊包圍著他的工藝品，這些構成了石器時代的斧頭、琢磨過的燧石。而除非他跟我一樣是來觀光、充當科學的開路先鋒，否則我無法質疑他源遠流長的眞實性。」

教授闔上嘴，我代表全體觀眾掌聲雷動。叔叔說的有道理，比他姪兒更淵博的人想駁倒他可不容易。

21 原書註：面角由兩個冠狀面形成，一面或多或少呈垂直，是額頭到門牙間的切線，另一面呈水平，通過耳道口和前鼻脊之間。在人類學上稱作「下顎前突症」（prognathisme），前伸的下顎修改了顏面角度。

還有另外一條線索。這具人體化石並非占地遼闊的骸骨堆裡的唯一。我們在這片骨灰塵土裡踩的每一步都會遇上其他屍體，叔叔可以從這些化石裡挑出保存最完整的一具，來說服不信邪的人。

各個世代的人類和動物混淆在這座墓園裡，的確是個驚人的景象。但是一個重大的問題浮上心頭，我們卻不敢解答。這些生氣勃勃的生物早已經化爲塵土，然後因爲地震才滑到李登布洛克海岸的嗎？還是他們居住在此地，在這個地底世界中，在這片假的天空之下，像地球上的居民一樣經歷生死？直到目前爲止，只有海中怪獸和魚類生鮮活跳地出現在我們眼前！某個穴居人會不會還在別無人煙的沙灘上徘徊呢？

39

我們的腳又在這些滿地的骸骨上面踩踏了半個小時。熾熱的好奇心推擁著我們繼續往前走。這座岩窟裡還隱匿著什麼樣的美妙，給科學的什麼寶貝呢？我的眼睛等著各種驚喜，我的想像力等著各樣驚奇。

海岸老早就隱沒骸骨丘後面。教授也不提防，毫不在乎迷路，拽著我走遠。我們默默前進，沐浴在電波中。因爲一個我無法解釋的現象，也受惠於它的普照，光線均勻地照亮物品的各個表面。它的光源不再是空間上限定的一個點，因此沒有製造任何陰影。若說身處盛夏正午，位於赤道地區直射的豔陽下也行得通。蒸氣都不見了。岩石、遠方的群山、幾塊模糊的孤遠森林，在光流的平均照射下，都罩上詭奇的模樣。我們就像霍夫曼筆下那位失去影子的奇幻人物[1]。

走了兩公里的路之後，我們來到一座遼闊森林的邊緣，不過不是鄰近歌洛白港的蕈類森林之一。

全是欣欣向榮的第三紀植物。今日已經滅絕、奇偉的似棕櫚屬參天而起，另有松樹、

1 霍夫曼一八一五年的作品《聖誕夜奇遇記》（Les Aventures de la nuit de Saint Sylvestre）中的人物。

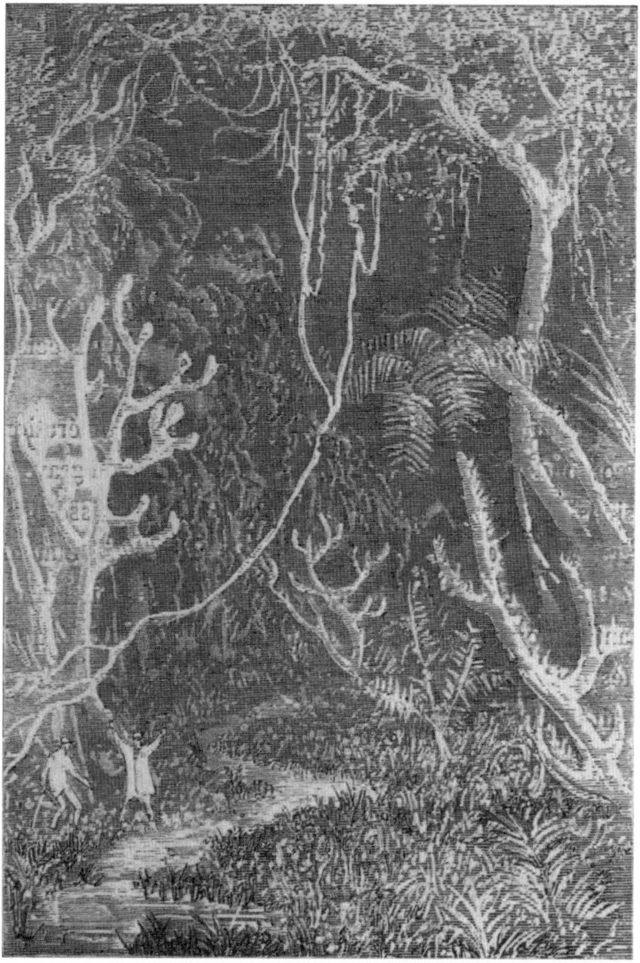

全是欣欣向榮的第三紀植物

紫杉、柏樹、崖柏等松伯的代表，都讓糾纏不清的藤蔓網牽連起來。苔蘚和毛莨[2]像柔軟的地毯覆蓋著地面。樹影下方有幾條嗚咽的溪流——這個說法不太正確，因爲這些樹根本沒有投下影子。蕨葉在溪邊槎枒交錯，類似地球上的溫室裡那些。只是這些樹、灌木、植物全都缺乏能促進生機的太陽熱氣，而且淆雜在脫了色的單一棕色調中。葉子不再翠綠，第三紀開了無數的花，卻都無色無味，彷彿在大氣壓力之下，用褪色的紙紮成的。

叔叔在這片巨大的萌生林下方闖蕩。我跟著他，一路提心吊膽。大自然既然供應了可食用的植物，我們爲什麼不會在這裡遇到凶悍的哺乳動物呢？我在這些因年歲磨蝕而倒下的樹留下的寬闊林中空地裡，看見豆科植物、楓樹、茜草，還有上千株各時代的反芻亞目最鍾愛的可食用灌木。接著，地表上各個不同地區的樹橫牽豎連，橡樹生長在棕櫚樹旁邊，澳洲尤加利樹倚偎著挪威松樹，北歐樺樹和澤蘭[3]的貝殼杉的枝椏纏綿糾結。地球上最足智多謀的植物學也要精神錯亂！

我忽然止步，抓住叔叔。

在光線遍照下，樹林深處的細微末節，我都能看得清清楚楚。我想我看見了……不會

2毛莨，植物名。多年生草本。全草被白色粗毛，多生於溼地、畦畔、路旁。
3位於荷蘭。

吧！眞的，我親眼看見龐大的形體在樹下走動！的確，巨碩如山，一整群生鮮活跳的乳齒象，可不是化石啊！就類似一八〇一年於俄亥俄州的沼澤發現的那些！我看著這群巨象的鼻子在樹下蠕動，活像成群結隊的蛇。我聽見牠們的長牙鑽入老樹幹的聲音。樹枝吱嘎作響，大把大把的葉子被扯下來，墜入這些怪獸的大嘴裡。

我在夢裡見過的這一群第三紀和第四紀的史前生物，終於成眞了！我們在地心裡孤立無助，要殺要剮全憑這些兇猛居民的意思！

叔叔盯著看。

「來，」他突然說，抓住我的手臂，「往前走，往前走！」

「不要！」我驚喊，「不要！我們沒有武器！在這群碩大無朋的四腳動物中間，我們能怎麼辦？過來，叔叔，過來啊！沒有人能衝撞這些怪獸的怒火還毫髮無傷的。」

「沒有人嗎？」叔叔提高了嗓門。「你錯了，艾克賽！看，看那邊！我好像看見一隻生物！一隻跟我們很像的生物！是人欸！」

我望過去，聳起肩膀，決定懷疑到底。可是，我儘管不相信，事實就擺在眼前。

的確，在不到半公里處，倚在一棵龐大貝殼杉樹幹上的確實是一名人類。這位地底世界的普羅透斯[4]，海神的新後代，正在看守這一群多不勝數的乳齒象！

4普羅透斯（Proteus）是希臘神話中早期的海神。

「看守巨碩動物者更形巨碩！[5]」

是的！巨碩無比的牧羊人！這已經不是我們方才在骸骨堆裡起出來的人體化石了，而是能夠指揮這些怪獸的巨人！他的身高近四公尺，那大如水牛頭的頭顱隱沒在未經整理，戟指刺張的頭髮裡面。說是獅鬃也不爲過，類似原始象的毛髮。他手中揮舞著一根粗巨的樹枝，也只有這位遠古時期的牧羊人才拿得起這種牧羊杖。

我們目瞪口呆，動彈不得。但是他可能會看見我們，不逃命不行啊！

「過來，過來，」我喊著，一邊拖著叔叔，這是他第一次任人擺佈！

十五分鐘後，我們就到了那位惡模惡樣的敵人的視線範圍之外。

與那個超自然奇遇時隔數月的今天，腦子鎮定了下來，我平靜地回想這件事，該怎麼想，該相信什麼呢？不！不可能！我們的感官受到愚弄了，是我們的眼睛看走了眼！沒有人能活在這個地底世界！沒有哪個世代的人類居住在這些地底洞窟裡面，還漠不關心地表上的居民，與他們不相往來！太瘋狂了，簡直瘋狂至極！

我還寧願承認那是某種構造接近人類的動物，譬如某種遠古的猿猴，某種原猿[6]，某

5原文爲「Immanis pecoris custos, immanior ipse」，出自雨果小說《鐘樓怪人》第四冊第三章。但也有可能作者是從維吉爾的《農事詩》中「formosi pecoris custos, formosior ipse」一句改寫而來。

6Protopithecus。

巨碩無比的牧羊人！

種中猴[7]，類似拉爾泰[8]在桑桑的第三紀地層中發現的那種！只是這一隻的尺寸遠超過古生物學所測量過的所有尺寸！無所謂，這是一隻猿猴，對，即便很不可能，還是猿猴！但是要說那是活生生的人類，和他一整個世代都藏在地心中，更是天方夜譚！

然而我們離開明亮多光的樹林時，還是驚訝得說不出話，震愕得幾近痴呆。我們二話不說就是跑，完全是落荒而逃的格局，就像我們在某些噩夢裡承受的那種駭然衝動。我們本能地回李登布洛克海邊去，我不知道我的腦袋陷入什麼胡思瞎想裡去，竟然無法做出實際的觀察。

雖然我很確定我們的腳踩在一塊全然沒踏過的地上，我卻常常注意到一座座峭壁，形狀讓我想起歌洛白港那些。有時候眞會讓人搞錯。數百條小溪和瀑布從凸出的岩石中傾瀉而下，我以爲又看見了褐煤層、我們那條忠心耿耿的漢斯溪，還有我之前甦醒過來的那座洞穴。接著，幾步遠之處，扶壁的分佈，一條小溪的出現，某塊懸岩驚人的側面輪廓，又讓我如墮五里霧中。

---

7 Mesopithecus。

8 拉爾泰（Edouard Lartet，1801-1871）是法國史前歷史學家、古生物學家，他在一八三三年位於熱爾省（Gers）的桑桑（Sansan），發現超過九十種哺乳類及爬蟲類的化石。一八三六年，他又在同一個地方發現第一種大型猿猴上猿（Pliopithecus）的下顎化石。

我告知叔叔我的不確定。他也一樣遲疑。他在這如出一轍的全景當中，不辨東西。

「當然，」我告訴他，「我們不是在出發點上岸，暴風雨把我們吹到下方一點的地方，沿著這海岸走，我們將會抵達歌洛白港。」

「既然如此，」叔叔答道，「繼續探險就沒有用了，最好回木筏那兒去。可是你沒搞錯嗎，艾克賽？」

「很難說，因為這些懸岩都很雷同。可是我好像認得這個岬角，漢斯就是在這個岬角下面修船的。如果這裡不是那座小港，我們離它應該也不遠了。」我補充，同時審視一座自以為認得的小灣。

「不，艾克賽，我們應該至少找得到自己的腳印，可是我什麼都沒看到——」

「不過我看到了。」我大喊一聲，衝向一個在沙子上閃閃發亮的物品。

「你看到什麼？」

「這個。」我回答。

我把剛才揀到的匕首拿給叔叔看。

「咦？」他說，「你身上一直帶著武器？」

「我？我沒有！不是您——」

「不是，就我所知，」教授答道。「我從來沒有這把匕首。」

「那就奇怪了。」

「不奇怪，很簡單，艾克賽。冰島人常常帶著這種武器，這把匕首是漢斯的，漢斯把它掉在這裡……」

我搖搖頭。漢斯從未有過這把匕首。

「會不會是某個遠古時期的戰士的武器啊？」我大叫，「一個活人，那個牧羊巨人的同伴？不會的！這不是石器時代的工具，甚至不是青銅器時代的，刀刃是鋼做的！」

我又開始胡思亂想了，叔叔硬生生制止了我繼續瞎想，冷言冷語地對我說：

「冷靜一點，艾克賽，回到你的理智上。這把匕首是十六世紀的武器，一把眞正的短劍，紳士佩在腰帶上給敵人致命一擊的那種。它的來源是西班牙。它既不是你的，不是我的，不是漢斯的，甚至也不屬於那些或許住在地心裡的人！」

「您不會是指？……」

「你看，它的缺口並不是插入人的喉嚨造成的，它的刀口上面覆蓋著一層鏽，這層鏽不是一天、一年或是一個世紀造成的！」

教授又渾身來勁了，他的想像力就一如往常，開始馳騁。

「艾克賽，」他繼續說下去，「我們正在世紀大發現的路上！這把匕首被丟棄在沙灘上已經有一百、兩百、三百年了，而且是這地底海洋上的岩石造成匕首上的缺口！」

「可是它不會自己跑來呀！」我喊道，「也不是它把自己造出來的！所以有人比我們早來了一步！」

「對，一個人。」

「這個人是？」

「這個人用這把匕首刻了自己的名字！這個人想再一次親手標示前往地心的路！快來找一找，找一找！」

我們被勾得興起，沿著高聳的山壁，察看一丁點能供我們通過的縫隙。

於是我們來到一處海岸收窄的地方。差點就浸泡在海水裡的扶壁腳邊，留有一條至多兩公尺寬的通道。我們在兩塊岩石延伸出去的部分之間，看見一條幽黑地道的入口。

那裡的一塊花崗岩上刻著兩個磨蝕不清的神祕字母，是那位膽大無畏且異想天開的旅人姓名的縮寫：

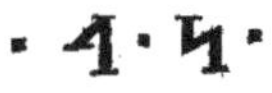

「A·S·！」叔叔驚喊。「亞恩·薩克努森！又是亞恩·薩克努森！」

打從這趟旅行開始，我就見識過許多驚奇駭異的事。我應該以爲自己已經見怪不怪了。然而看見這兩個字母刻在那裡三百年，我還是看得兩眼發直，幾乎呆似木雞。不只因爲這位煉金師學者的簽名在岩石上歷歷可辨，更甚者，刻下它的這把短劍還在我的手中！除非是故意找碴，否則我再也不能懷疑亞恩・薩克努森的存在及其遊歷的眞實性。

這些想法在我腦裡兜轉的期間，教授正盡情地、過頭地讚揚亞恩・薩克努森。

「眞是天縱英才！」他喊道，「能幫助你的同道打開地殼上的通道的指示，你一個都沒漏掉，讓他們能找到你的雙腳在三百年前留在這些幽暗地道盡頭的痕跡！你爲其他人的眼睛保留了當前美景。你一步接一步刻下的名字，帶領膽子夠大，敢追隨你的旅人直達目的地。甚至在我們星球的中心還有你親手刻下的名字。那麼我也是，我也要在這花崗岩的最後一頁上簽下我的名字！從此刻起，這座被你發現的海附近的海岬，就永遠叫做薩克努森岬了！」

這就是我聽見的大概內容，我感覺這番話中的豪情壯志蔓延到我身上來。我的胸腔裡重新燃起了一把火！我全然忘記旅途上的凶險和回程的危難！。別人完成的事，我也想要跟進，我覺得天底下沒有人辦不到的事！

「往前走，往前走！」我喝道。

我已經衝向那條幽暗的通道，這時教授攔住我，這個心浮氣躁的男人，竟然建議我沉住氣，不要衝動。

「先回頭找漢斯吧，」他說，「把木筏帶到這個地方。」

我勉爲其難聽從他的命令，馬上就在岸上的岩石間滑步。

「您知道嗎，叔叔？」我邊走邊說，「直到現在，我們眞是特別受老天眷顧！」

「喔？你這麼覺得嗎，艾克賽？」

「沒錯，就連暴風雨都把我們放到正確的道路上。多虧這場暴風雨把我們帶回這個海岸，如果當時天氣好的話，我們反而會被帶離這裡！要是我們的船首接觸李登布洛克海的南岸的話，我們會變成什麼樣子呢？我們就不會看見薩克努森的名字，這會兒就會被遺棄在沒有出口的海灘上了。」

「是的，艾克賽，我們往南方航行，卻被帶回北邊和薩克努森岬來，的確是冥冥之中的安排。我得說這已經超乎驚訝了，我完全不知道該如何解釋。」

「欸！有什麼關係？這種事就不用解釋了，要利用才對！」

「沒錯，孩子，只是……」

「只是我們要繼續往北方走，經過歐洲北部下方，管他是瑞典、俄羅斯、西伯利亞還是哪裡呢？只要不是在非洲沙漠或海洋底下就好，除此之外，可不用知道更多了！」

「對，艾克賽，你說得沒錯，這樣還好一些，因爲我們不走海路了，這樣子水平下去，哪兒也去不了。你知道嗎？要抵達地心，還有六千公里以上的距離要穿越！」

「唉喲！」我高喊，「說這個也沒用！上路！上路！」

我們跟漢斯會合的時候，這場瘋狂的演說還持續了一段時間。一切就緒，可以立即出發。沒有一件行李不在船上的。我們在木筏上就座，帆升起，漢斯循著海岸線駛向薩克努森岬。

對於我們這種無法調整船帆的木筏，風勢對我們不太有利。因此有很多地方，我們必須借助包鐵棍子往前划。懸岩往往向前伸進水花裡，逼得我們不得不繞個大彎。最後，經過三小時的航行，我們到達一個適合上岸的地方。

我跳上陸地，後面跟著叔叔和漢斯。這趟航行並沒有幫我靜下心來。反而我爲了斷後路，甚至提議燒掉我們的「艦隊」。但叔叔反對。我覺得他一反常態，不是很熱衷。

「那至少開始走吧，」我說，「別浪費時間了。」

「好，孩子。不過走之前，先勘查一下這條新通道吧，這樣才知道需不需要準備梯子。」

叔叔打開他的倫可夫照明儀器。綁在岸上的木筏被獨自留下。通道的開口離木筏甚至連二十步都不到，我們這一小組人由我領頭，事不宜遲地往前走。

開口幾呈圓形，直徑約莫一公尺半。這條黑茫茫的地道被開鑿在一塊從地底露出來的岩石裡，還讓火山噴發物仔細地撐大，它過去是火山噴發物經過之處。開口下方擦過地面，所以我們毫不費力就通過了。

我們沿著幾乎呈水平的路面走了六步以後，迎面一顆巨石中斷了我們的去路。

「該死的石頭！」眼見自己突然被一個跨越不了的障礙物擋了下來，我不禁怒吼。

儘管我們找遍了上下左右，都沒有通道或叉路。我大為失望，不願接受這個事實。我彎下腰，察看岩石底下。沒有裂口。看看岩石上面。一樣的花崗岩壁。漢斯拿燈光照遍整面石壁，但是上面同樣前進無門。我們只能死心了。

我癱坐在地上，叔叔在走道內踱起方步。

「那薩克努森怎麼辦到的呢？」我喊道。

「對，」叔叔說，「他也讓這道石門擋下來了嗎？」

「不對！不對！」我激動地說。「這塊石頭是因為某次地震，或是某個磁場現象動盪了地殼，才突然關閉了這條通道。在薩克努森回去之後以及這塊石頭掉下來之間，過了許多年。這條通道曾經是岩漿的過道，火山噴發物曾經自在流動，這不是很明顯嗎？看，有

迎面一顆巨石中斷了我們的去路

一些新近形成的裂縫，火山噴發物在這個花崗岩天花板留下條痕。這是攜帶物質、巨石造成的，彷彿出自某隻巨手；但是有一天，推力又更強了，而這塊石頭就像少了的那塊拱心石，一直滑到地面，堵住了去路。這是薩克努森沒有碰上的意外阻礙。如果我們不推倒它，我們就不配到地心去！」

聽聽看我是怎麼講話的！教授的靈魂全都傳到我身上來了。探索之神附著在我的身上。我忘掉過去，無視未來。對深入地底下的我而言，地表上的城市、鄉間、漢堡、國王街、我可憐的歌洛白，統統不存在了。歌洛白一定以為我從此成了地下遊魂。

「那好！」叔叔接下去說，「我們拿十字鎬、鶴嘴鋤來挖吧。開拓我們的路，推倒這些厚壁！」

「太硬了，十字鎬挖不來。」

「那就用鶴嘴鋤！」

「太花時間了！」

「可是……」

「對了！可以用火藥爆破啊！我們來炸吧，把這障礙炸個粉碎！」

「火藥！」

「對！只要炸掉一部分就行了！」

「漢斯，要幹活了！」叔叔喊道。

冰島人回到木筏邊，立刻帶著一把十字鎬回來。他要用十字鎬掘出一個炮眼。要挖出一個大洞來容納五十斤[1]的硝化纖維[2]，可是不容小覷的工作，因爲它的膨脹力可是比炮彈的火藥要高出四倍的。

我的精神亢奮到了極點。在漢斯掘洞的時候，我積極地幫叔叔準備一根用濕火藥做成、包在一條帆布管子裡的引火線。

「我們會過去的！」我說。

「我們會過去的。」叔叔跟著我講一遍。

到了午夜，我們的礦工工作完全結束。硝化纖維被裝填入炮眼，展開的引火線穿越通道，一路來到外面。

現在只要星星之火就足以讓這個硝化纖維像發動機一樣動起來。

「明天再來引爆吧。」教授說。

我不得不聽話，只能再等整整六個小時了！

---

1 法國舊質量單位，一古斤相當於五百克。

2 硝化纖維（Nitrocellulose），學名纖維素硝酸酯，也稱硝化棉或火棉，通常由棉絨纖維和木漿等纖維材料浸入濃硝酸濃硫酸混合液中製得，多數用於製作發射藥。與硝化甘油相比，比較穩定，安全，便於運輸。

41

次日，八月二十七日星期四，是這趟地底之旅的一個大日子。每每思及這件可怕的事，我的心就依然會悸動。從事情發生的一刻起，我們的理性、我們的判斷力跟機智，就不再有發言權，而且我們就要淪爲地球內自然現象的玩物了。

我們六點就起來了。用火藥爲我們在花崗岩中炸開一條路的時刻接近了。

我央求能有榮幸爲炸藥點火。我必須在完成後，和同伴在沒有卸貨的木筏上會合，爲免爆炸之虞，我們要緊接著出海，因爲爆炸的威力可不會只集中在岩體內部。

根據我們的計算，引火線在把火引到火藥室之前，必須燃燒十分鐘，夠我回到木筏上了。

我心跳耳熱，爲完成我的角色作準備。

在匆忙吃完早餐之後，叔叔和漢斯上船，我則留在岸上。我提著一盞點燃的燈籠，要用它來點燃火線。

「去吧，孩子，」叔叔對我說，「然後馬上回來和我們會合。」

「別擔心，叔叔，我不會在半路上耽擱的。」

我立即往通道的開口走去。我打開燈籠，抓住火線的尾端。

教授手裡拿著時計。

「你準備好了嗎？」

「好了。」

「那點火吧，孩子！」

我立刻把火線浸入火燄之中。火線一碰到火立即劈哩啪啦地響起來，我跑回岸邊。

「上船，孩子，我們趕快離岸。」

漢斯奮力一推，就把我們投向海中。木筏漂開約四十公尺。

那是令人心臟狂跳的時刻。教授的目光緊追著時計的指針不放。

「還有五分鐘，」他說。「還有四分鐘！三分鐘！」

我的脈搏每半秒鐘就跳一下。

「還有兩分鐘！一分鐘！……倒下吧，花崗岩山！」

接著發生了什麼事？我想我沒聽見巨響。但是懸岩的形狀突然在我眼裡變了模樣，它像窗簾一剖爲二。我看見海岸下陷，凹出一個深不可測的巨壑來。大海突然一陣昏亂，化成一面巨浪，而在這面海浪的背後，木筏被直直拋起。

我們三個人都仰天翻倒。不到一秒鐘，最濃重的黑暗就取代了光明。接著，我感到失

倒下吧，花崗岩山！

去堅固的支撐點，我指的不是我的腳，是木筏。我以爲它直沉海底了，但是不然。我想對叔叔講話，但是水聲隆隆滾滾，他聽不見我的聲音。

儘管周遭漆黑一團，搖天撼地的巨響，我們驚駭欲絕，我還是明白剛才發生什麼事了。

剛剛被炸開的岩石後方有個深淵。爆炸在這個縫隙處處的地面裡，引發地震，震開了深谷，而大海化身成急流，帶著我們湧入。

我已經昏頭轉向，不辨東西了。

一個小時、兩小時，鬼才知道！時間就這樣溜走了。我們挽著臂，牽著手，免得摔離木筏。木筏撞上厚壁的時候，就會出現劇烈的衝擊。可是這種碰撞難得發生，因此我推斷這條通道加倍擴大了。不必懷疑，這裡就是薩克努森之路，但是我們不是自己走下來，而是不小心把整座海洋也一同帶下來了。

各位可以瞭解，這些念頭在我的腦袋裡只是模糊不清的掠影。我在令人暈眩、類似墜落的移動中，百般困難才將這些想法連結起來。從抽打我臉龐的空氣判斷，我們移動的速度應該大幅超越跑得最快的火車。在這種條件下要點燃火把是不可能的事，而我們僅剩的照明儀器在爆炸的時候就碎掉了。

因此，看見一道光倏地在我身邊閃耀，我大吃一驚。漢斯鎮靜的臉龐亮了起來。靈巧的獵人總算點亮了燈籠，儘管火苗跳動到快熄滅，仍是往這可怕的黑暗之中灑了幾點光明。

我的判斷沒錯，通道相當寬敞。我們的光線不足，無法同時看見兩壁。載著我們的水下瀉的速度，連美洲流速最難以超越的奔流都比不上。水面看似以拔山蓋世的力道射出去的一簇水箭。我無法用更精確的比喻來表達我的觀感。木筏被伴流纏住，偶爾迴旋疾行。木筏靠近通道裡的岩壁時，我就將燈籠的光線照射在上面，以便從凸出的岩石變成持續不斷的線條，來判斷速度：我們被罩在移動的線條裡！我估計我們的速度應該達到時速一百二十公里。

叔叔和我目光驚慌無比地看著，倚靠在半截桅杆上，桅杆早在災難發生的時候便硬生生折斷了。我們背對著氣流，以免因爲高速移動而斷了呼吸。沒有人爲的力量能制止這麼快的速度。

然而一個又一個小時過去了，情況依舊，只是發生了一件雪上加霜的事。

我企圖整理一下木筏上的行李時，看見絕大部分物品都在爆炸後，迅猛的大海席捲我們的時候不見了。我想確定我們究竟還剩下多少資源，便手持燈籠開始東摸西找。我們的科學儀器只剩下羅盤和時計，梯子和繩索縮減到一段盤繞著半截桅杆的纜繩。沒有鶴嘴鋤，沒有十字鎬，沒有榔頭，而最無可補救的不幸，是我們連一天的糧食都沒有了！

我翻遍木筏的縫隙，橫木形成的角落及木板間的接縫，什麼都沒有！我們的儲備糧食只剩一塊肉乾和幾塊餅乾。

我大驚失色，愣瞪著！我不想明白！但是話說回來，瞧我擔心的是什麼危險？就算糧食足夠吃上好幾個月、好幾年，我們要如何擺脫把我們拖進深淵、勢不可擋的洪流呢？在這九死一生的關頭，怕餓肚子難受有什麼用？我們還有時間餓死嗎？

然而因爲想像力出了一件解釋不來的怪事，明明危在旦夕，我卻忘記眼前急難當頭。何況，我們說不定可以逃過狂暴激流，回到地表呢。怎麼做？我不曉得。去哪裡？無所謂！在餓死無疑的時候，千分之一的機會好歹是個機會。

我想要對叔叔和盤托出，向他點明我們已經落到糧盡援絕的下場，並精確算出我們還剩多少時間可活。但是我硬下心腸保持緘默。我不想引起他的恐慌。

此刻，燈籠裡的光逐漸減弱，然後完全熄滅。燈芯已經燒盡了。天地又還諸絕對的黑暗。再也休想驅散這穿不透的漆黑了。還剩下一隻火把，但是它也撐不了太久。於是我就像個兒童，閉上眼睛不去看這片濃黑。

過了大半天的時間後，我們的移動速度加倍，這是我根據吹過我臉上的氣流注意到的。流勢愈趨陡斜。我眞的認爲我們不再滑動，根本是掉下去了！我體內的感覺告訴我，我們幾乎是垂直墜落。叔叔和漢斯抓住我的手臂，牢牢地抓穩我。

忽然間，過了一段無法估計的時間，我感覺受到撞擊。木筏並未撞上堅硬物體，卻突然中止墜落。粗巨如龍捲風的水柱倒灌在木筏表面。我呼吸不過來。我要淹死了……

然而這突如其來的水難並未持續下去。不過幾秒鐘，我就身處在暢通的空氣中，我大吸特吸，讓空氣飽脹胸腔。叔叔和漢斯緊抓住我的手臂，就快掐斷它了，而木筏還好好地載著我們三個人。

42

我猜那時應該是晚上十點。在最後那次撞擊之後，我第一個恢復功能的五感是聽覺。我幾乎是立刻聽見，因爲這就是聽覺的功用，我聽見通道裡，繼長時間盈滿我耳內的轟鳴而來的是寂絕。最後，叔叔的這番話如呢喃一般傳進我耳中：

「我們在上升！」

「什麼意思？」我驚喊。

「對，我們在上升！我們在上升！」

我伸長手臂，觸摸厚壁，手立即磨出血來。我們急遽上升的速度飛快。

「火把！火把！」教授喊道。

漢斯費了一番工夫才終於把它點燃，雖然上升移動，火苗仍維持下往上，足夠點亮整個場景。

「果然如我所料，」叔叔說。「我們在一口半徑不到八公尺的井裡面。井底的水正要恢復水位，我們就跟著它升上來了。」

「升到哪裡？」

我們急遽上升的速度飛快

「我不知道，但是我們必須做好面對各種狀況的準備。我估計我們每秒以近四公尺的高速上升，每分鐘就是兩百四十公尺，每小時則至少十四點四公里。照這樣下去，我們可走了好長一段路呢。」

「對，如果沒有遇到阻礙的話，如果這井有個出口的話！可是如果它被堵死了，如果水壓逐漸壓縮空氣，那我們就會被壓扁啦！」

「艾克賽，」教授泰然自若地答道，「我們的狀況岌岌可危，但是還有一些活命的機會，我留意的正是這些機會。如果我們隨時都會死，那我們也隨時能獲救。所以讓自己善用每一刻吧！」

「怎麼做？」

「吃東西補充體力。」

聽到這句話，我眼神慌亂地看著叔叔。我不願坦承的事情，最後還是得說出來：

「吃東西？」我複述。

「對，不要耽擱。」

教授用丹麥語補充了幾句話。漢斯搖搖頭。

「什麼？」叔叔驚喊。「我們的食物全丟了？」

「對，剩下的食物就是這些了，我們三個人分一塊肉乾！」

叔叔看著我，不想聽懂我的話。

「現在您還相信我們能獲救嗎？」

我的問題沒有獲得任何回答。

一個小時過去了。我開始感到飢火中燒。我的同伴也在受苦，但是我們當中沒有一個人敢去碰這所餘無多的食物。

然而我們仍舊飛速上升中。有時候，氣流切斷我們的呼吸，就像飛行員上升得太快的時候。但是若這些人隨著他們上升到大氣層，愈來愈覺得冷的話，我們的感受卻截然相反。氣溫飆升的速度快得令人擔憂，而且肯定達到四十度。

這樣的改變意味著什麼？截至目前爲止，每件事都證明達維和李登布洛克的理論是對的；截至目前爲止，耐高溫的岩石、電、地磁這些特殊的狀況，都更動了自然界的一般定律，給我們宜人的氣溫，可是在我眼裡，地熱說仍是唯一的眞理，唯一解釋得通的。所以我們就要回到這些現象嚴格遵守一般定律，熱氣會讓岩石變成熔融狀態的地方嗎？我會怕，我告訴教授：

「就算我們淹不死，摔不死，就算我們餓不死，我們還是有活生生被燒死的可能。」

他只是聳肩，然後又落回他的思索中。

一個小時過去了，除了溫度略微升高了以外，我們的情況不變。最後叔叔打破寂靜。

「來吧，」他說，「我們必須做個決定。」

「決定？」我複述。

「對，我們得恢復體力。如果我們省著吃這些剩下的食物，試圖延長幾個小時的壽命，那我們直到最後一刻都會很虛弱。」

「反正這個『最後一刻』也不必等太久。」

「要是有一瞬生機出現了，一個必須行動的時刻，我們要去哪裡找行動的力氣，如果我們餓到虛脫無力？」

「那吃掉這塊肉以後，我們還剩下什麼呢，叔叔？」

「什麼都不剩，艾克賽，什麼都不剩。但是光用眼睛看，你就比較飽了嗎？只有灰心喪志，精疲力盡的人才會像你那樣想！」

「您難道不絕望嗎？」我忿忿喊道。

「不絕望！」教授堅定地回應。

「什麼？您還相信我們有活命的機會？」

「對！那當然！一個人只要心臟還在跳，皮膚還會顫動，我就不相信一個意志堅定的人會向絕望屈服。」

好大的口氣！在這種情況下，這個男人還說得出這種話來，果眞天生異稟。

「那您打算怎麼做？」我問。

「吃掉剩餘的食物，直到最後一塊碎屑，修補我們流失的體力。這會是我們的最後一餐，罷了！但是我們至少會變回人樣，而不是心力衰竭。」

「吃就吃吧！」我叫道。

叔叔拿起那塊肉乾以及幾塊大難不死的餅乾，平分成三分，分發出去。大約每人一斤的食物。教授激忿填膺似地狼吞虎嚥。我儘管肚子餓，卻興趣索然，幾乎是嫌惡著吃。漢斯平靜無聲，小口小口咀嚼，閒定如故地品嚐，彷彿未來的事都沒什麼好擔心的。他四處仔細搜索，找到半壺的杜松子酒。他把水壺交給我們，這液體發揮良效，讓我精神稍微抖擻了一點。

「佛爾泰菲德[1]！」輪到漢斯喝，他說。

「好喝！」叔叔回道。

我又重拾了一點希望。可是我們的最後一餐剛剛吃完了。現在是早上五點。

人就是這樣，健康只會帶來有負面效果：一旦進食的需要被滿足了，就很難想像餓肚子有多恐怖。一定要經歷才能體會。因此，擺脫長時間的空腹，幾口餅乾和肉乾擊退了我

1 Fortrafflig，意指優秀，好的。

們之前的痛苦。

吃完這餐，我們各自回到自己的心事裡。漢斯來自極西之地，卻有東方人聽天由命的宿命觀，現在在想什麼呢？至於我，一逕地回顧往事，回到我萬萬不該離開的地表。國王街的家、我可憐的歌洛白、善心的瑪特，如幻象經過我眼前，我在奔越地底下的悲愴隆隆聲中，似乎聽見地表上的城市喧囂。

至於叔叔，「一直在忙他的」，手持火把，專心檢視地層。他企圖透過觀察這些層層疊疊來辨認他的處境。他的計算，或者應該說估計，只能是個大概，但是學者能保持冷靜的時候，學者永遠是學者，而李登布洛克教授具備這項優點，甚至技高一籌。

我聽見他喃喃叨念一些地質學的專門術語，我字字瞭然，不由自主讓這最後的地質研究挑起了興趣。

「火成花崗岩，」他說。「我們還在原始時代，可是我們在上升！我們在上升！誰知道呢？」

誰知道？他還在奢望。他探出手摸索垂直的岩壁，不多久之後，他又這樣說：

「這些是片麻岩！這些是雲母片岩！好！很快就是過渡期的地質了，然後……」

教授到底要說什麼？他能夠測量我們頭頂上的地殼厚度嗎？他有什麼計算的方法嗎？沒有。他少了最無可取代的壓力啊！

然而氣溫節節飆高，我感覺自己浸泡在熾燙的大氣中。我只能拿鑄鐵廠澆鑄時火爐排出來的熱氣來作比較。漸漸地，漢斯、叔叔和我必須脫去外套、羊毛衫，多穿半點衣物都會很難受，甚至是折磨了。

「所以我們要升到熾烈的熱源去嗎？」我在熱氣加劇的時候喊道。

「不會，」叔叔答道。「不可能！不可能！」

「可是，」我說，一邊摸索岩壁，「這石壁好燙啊！」

就在我說這句話的當兒，我的手輕觸到水，我不得不趕緊縮回來。

「水好燙！」我驚喊。

教授這次只用一個憤怒的動作回答。

勢不可擋的驚駭盤據我的大腦，再也不肯離去。我有種大難臨頭的感覺，而且這個災難嚴重到連最大膽的想像力都不敢妄想。我腦中浮起一個念頭，起先模模糊糊，然後變成確信。我推開它，但是它又執意回來。我不敢說出口。可是幾個不由自主的觀察更加深了我的信念。靠著火把朦朧的光線，我注意到花崗岩層裡有一些不規則的動靜。顯然就要發生一個現象了，而電在這個現象裡扮演了一個角色。然後是過熱的氣溫、滾燙的水！……我察看羅盤。

它竟然正胡亂轉動！

多穿半點衣物都會很難受

43

是的，亂轉！指針忽然一陣晃動，從一個極跳到另一個極，走遍盤面上的每個點，的溜溜轉著，彷彿暈頭轉向了。

我很清楚，根據公認的理論，地殼從未處在一個絕對的休憩狀態裡。內在物質分解、大量的液體流動的動盪不安、地磁作用所帶來的改變，讓地殼搖動不斷，而散佈在地表上的生物甚至察覺不到它的躁動。這個現象並不怎麼令我害怕，或至少無法使我生出恐怖的念頭。

但是其他事實，像是某些「自成一類」的細節，無法矇騙我太久。巨響加倍震天，令人發毛。我只能拿在鋪石路上狂馳的無數馬車所發出的聲音來比較。是持續不斷的暴雷。

然後是方陣大亂的羅盤，因爲電的現象搖晃不已，更證實我的見解。地殼很可能斷裂，花崗岩體可能會接合，裂縫可能會補足，空洞會填滿，而我們這群可憐的原子，就要被狠狠壓扁了。

「叔叔，叔叔！」我吼道，「我們完了！」

「你又在怕什麼了？」他回應我，冷靜得驚人。「怎麼啦？」

「我怎麼了？看看這躁動的厚壁，斷裂的岩體，炎酷的熱氣，滾燙的水，愈來愈厚的蒸氣，發了瘋的羅盤，全是地震的徵兆啊！」

叔叔慢條斯理地搖頭。

「地震？」他說。

「對！」

「孩子，我想你搞錯了。」

「什麼？您認不出這些徵兆嗎？……」

「地震的徵兆嗎？不！我等的是比地震更好的事！」

「什麼意思？」

「火山噴發啊，艾克賽。」

「火山噴發！」我說。「我們現在在活火山的火山管裡！」

「我想是，」教授笑著說，「而且再好不過了！」

再好不過！叔叔他瘋了嗎？他這句話是什麼意思？爲什麼這麼冷靜，還笑得出來呢？

「怎麼會？」我喊道，「我們被捲進火山爆發裡！命運之神把我們丟到這條路上，有熾熱的岩漿、著火的岩石、滾燙的水，還有火山噴發物！我們會和岩石、如雨的火山塵及渣滓一起在火燄旋風中，被推擠、噴發、投射到天空中，您竟然說再好不過！」

我快速略過在我腦中交錯而過的上千個念頭不提。叔叔說得沒錯，絕對沒錯，我覺得他從來不曾比此刻更大膽，更信心十足，現在他冷靜地等著，推算著爆發的機會。

可是我們還在上升，夜晚就在這個上升運動中渡過。周遭的爆裂聲轉劇，我幾乎要窒息，我以為我的大限將至，可是想像力就是這麼奇怪，我竟滿腦子都在找一個答案，眞的很孩子氣。但是我承受這些念頭，而不去駕馭它們！

我們很顯然是被噴發的推力投射上來的。木筏底下有滾燙的水，而水的下方是一大團黏稠的岩漿，加上岩石，到了火山口，就會往四面八方分散。所以我們位在一座火山的火山管內，這是無庸置疑的。

但是這一次，我們不在斯奈佛斯這座死火山中，而是一座正活躍的火山。所以我納悶會是哪座山，還有我們會被噴到世界的哪個地區去。

毫無疑問會是在北方地區。羅盤在亂掉以前，從來沒變動過方向。從薩克努森岬開始，我們就直接朝北方被拖行了好幾百公里。我們會不會回到冰島下方？我們會從海克拉的火山口被噴出去，還是從島上其他七座火山的火山口呢？在西方半徑兩千公里裡的緯度下，我只想到美洲西北方一些無名火山。東邊只有在緯度八十度的揚馬延島[1]上有一座艾

1揚馬延島（Jan Mayen）是位於北極海上的挪威火山島。

斯克火山，離史匹茲卑爾根島[2]不遠。當然，最不缺的就是火山口，而且都頗爲寬敞，要吐出一整批軍隊都沒問題！可是哪一個會是我們的出口，正是我企圖猜出來的。

接近早上，上升運動加速。如果在接近地表的時候，熱氣不減反增，是因爲它局限在我們這裡，起因是火山運動的影響。我已經搞清楚我們這種移動方式了：一股巨大的力量，一股數百個大氣壓力的力量，來自積蓄在地球內部的蒸氣，勢不可擋地推擁著我們。但是瞧瞧這股力量把我們置於什麼樣的險境之下！

很快地，一些褐黃色的反光照進逐漸開闊的垂直通道，我在左右方看見許多條幽深的洞道，看似寬廣的地道逸散出團團白氤，火舌舔舐著岩壁，劈啪作響。

「看哪！看哪！叔叔！」我喊道。

「嗯！這是硫磺火。這是火山噴發裡最自然的現象。」

「萬一它包圍我們呢？」

「它不會包圍我們的。」

「萬一我們被悶死呢？」

「我們不會悶死的。通道在變寬，而且如果有必要，我們就放棄木筏，躲進某個裂縫裡。」

2史匹茲卑爾根島（Spitzberg）是挪威斯瓦爾巴群島（Svalbard）中最大的一座，靠近北極。

「那水呢？水還在漲！」

「不會有水了，艾克賽，是黏稠的岩漿把我們舉起來，一起湧到火山口。」

水柱還眞的消失了，換上頗爲濃稠但滾燙的噴發物。氣溫變得酷熱難耐，溫度計曝露在大氣裡，上面的標示超過七十度！我汗如泉湧。如果我們不是上升得這般快速，鐵定窒息而死了。

然而，教授他那個放棄木筏的提議沒有下文，他這麼做是對的。在四處都缺乏支撐點的狀況下，這幾片連接不牢的木板倒是提供我們一個堅固的表面。

時近早上八點，發生了前所未有的新變故。上升運動霍然中止。木筏紋絲不動。

「怎麼一回事？」我問，好像受到撞擊而突然停止，我因而搖來晃去。

「暫停了。」叔叔答道。

「靜止噴發了嗎？」

「希望不是。」

我站起來，試圖環顧四周。也許木筏被凸出來的岩石卡住，暫時抵擋了大量的噴發物。如果眞是如此，我們就必須盡快擺脫木筏不可。

但是並非如此。火山灰、渣滓和碎石形成的柱子本身都停止上升。

「火山不會再噴發了嗎？」我喊道。

「啊！」叔叔咬著牙說，「你怕啦，孩子。不過放心好了，這一刻的平靜不會持續太久的。到現在已經過五分鐘了，不久我們就會再次往火山口上升。」

教授這樣說著，仍不斷盯著時計看，他的預測應該就要應驗了。很快地，木筏又開始迅速且不規則地動了起來，持續了約莫兩分鐘，又停了下來。

「好，」叔叔觀察著時間說，「再十分鐘它又會重新上路了。」

「十分鐘？」

「對，我們這一座火山的噴發有間歇性，讓我們跟它一起呼吸。」

果如其言。他指定的時間一到，我們又重新以追風逐電的速度被噴射出去。我們得死命抓住橫木，才不會被甩出木筏外。接著晃動又停了。

這時我開始思考這個特殊現象，卻找不到一個滿意的解釋。然而我覺得我們顯然占據的並非主要的火山管，而是附屬的管道，我們感受到的只是反衝力。

這樣子的停停走走究竟發生了幾次，我說不上來。我只能肯定每次重新上升時，我們就被一股愈趨強大的力量彈出去，簡直像乘著火箭一飛沖天。在暫停的時間內，我們呼吸不過來；在噴射的期間，滾燙的空氣又阻斷我的呼吸。有一刻我想到忽然置身極北[3]地區

3 極北（Hyperborea）是希臘神話中的一個傳說國度，名稱源自希臘的北風之神波瑞亞斯（Boreas），意思是「北風之外」。相傳極北族人住在連北風都吹不到的極樂地區，壽長千年。

零下三十度，令人暢爽的寒冷中。我亢奮的想像力在北極地區的雪白平原上遊走，我在北極的玄冰地毯上打滾，自由吸氣！漸漸地，這些反反覆覆的搖動晃得我昏頭昏腦。要是沒有漢斯的手臂，我的腦袋就會不只一次撞破在花崗岩壁上了！

於是我對接下來的幾小時內發生的事，絲毫沒有精確的回憶。我依稀感覺巨響不絕於耳，岩體躁動不安，木筏開始打旋。木筏在一陣火山灰雨中，隨著岩漿波浪上下起伏。火燄轟轟隆隆，包圍起木筏。好似寬闊的大風扇吹出來的颶風搧動了地底之火。漢斯的臉最後一次出現在火光中，我沒有其他的感覺，只除了罪犯被綁在炮口，面臨自己的肢體即將在開火後炸散在空中時的森然恐懼。

木筏隨著岩漿波浪上下起伏

44

當我張開眼睛，我感到獵人一隻強壯的手緊緊摟著我的腰。他的另一隻手撐著叔叔。我傷得不重，倒是渾身酸痛，不成人形。我看見自己躺在山坡上，離深淵只有兩步之遙。那個深淵裡的一丁點動靜都能害我跌下去。漢斯在我滾下火山口側的時候，救了我的命。

「我們在哪裡？」叔叔問，在我看來他很氣我們又回到地面上來。

漢斯聳起肩膀，表示不知道。

「冰島嗎？」我問。

「內。」漢斯答道。

「怎麼不是？」教授高喊。

「漢斯搞錯了。」我直起身子，說道。

歷經旅途上無數離奇之後，還有更愕然的事正在等著我們。我預期在比最高緯度更遠的北地的荒漠當中，在北極蒼白的天光之下，看見恆雪覆頂的圓錐山峰。但是與這些預測恰恰相反，叔叔、漢斯和我，我們躺在一座山的半山腰上。驕陽的熱力炙烙著這座山，用它的烈焰吞食我們的眼睛。

我們躺在一座山的半山腰上

我不願相信我的眼睛，但是我切身感受到火蒸炭焙，不容許我質疑。我們幾乎赤身裸體地從火山口出來，而我們這兩個月來都沒能一見的太陽，慷慨地獻上日光和熱氣，將燦爛的光線一古腦兒往我們身上潑。

等我失去習慣的雙眼適應光芒，我用眼睛糾正我想像力的錯誤。我希望我們至少人在史匹茲卑爾根島，我可無意輕易放棄這個想法。

教授率先發話，他說：

「的確，這地方不像冰島。」

「那就是在揚馬延島了吧？」我答道。

「也不是，孩子。這不是北方的火山，這裡沒有花崗岩山丘和覆雪的圓頂。」

「可是……」

「你看，艾克賽，快看！」

在我們頭頂斜上方，不超過一百六十公尺之處，洞開著火山口，每十五分鐘就竄出高高的火柱，轟響震耳，火柱夾帶了浮石、火山灰和熔岩。我感到山在震顫，它像鯨魚呼吸一樣，偶爾從鼻孔裡噴出火焰和空氣。下方噴發物廣布，沿著頗爲高峻的斜坡，鋪展了兩百多公尺長，顯得火山並不及兩百公尺高。山腳隱沒在一籮筐綠樹裡，我辨認出這些綠樹當中有橄欖樹、無花果樹，還有掛滿了一串串朱紅色葡萄的葡萄樹。

我不得不承認，這不是北地的景觀。

當視線越過這綠油油的圍籬之後，很快就留連在一座令人嘆為觀止的大海或是湖泊中，這片水讓這塊迷人的土地有若一座寬不及幾公里的小島。東方可見一座小港口，前方立著幾棟房屋，港口裡一些形狀特殊的船隻隨著藍色波浪起伏搖擺。再過去，一群小島從液體平原裡鑽出來，數量如此多，好似寬廣的蟻穴。往西邊的方向，偏遠的海岸在地平線上形成一道圓弧，其中一座海岸上清晰可見幾座構形和諧的藍山。一座高入雲霄的圓錐形山聳峙在其他比較遠的海岸上，一縷煙在山頂上裊裊搖曳。北方則是浩瀚無際的海水在陽光下波光粼粼，處處可見桅杆頂或漲飽風而隆起的船帆。

這樣的景色來得始料未及，更倍添了此地佳景的美妙。

「我們在哪裡？我們在哪裡？」我低聲重複著。

漢斯不關己事地閉上雙眼，叔叔看得一頭霧水。

「無論這是什麼山，」他終於說，「這裡有點熱。火山噴發不會停，實在沒必要從火山裡出來，又讓岩石砸在腦袋上。我們還是下山吧，到時候就會知道我們人在哪裡了。何況我又餓又渴，快死啦。」

教授還眞不懂得欣賞。至於我，渾忘了飢渴和疲憊，我還想繼續留在這裡好幾個小時，但是我只能跟著夥伴走。

火山的山勢陡峭，我們在火山灰坑裡一步一滑，同時還得避開火蛇般橫陳的熔岩流。在下山的一路上，我滔滔不絕地聊開，因爲我的想像力太盈滿，不吐不快。

「我們在亞洲，」我高喊，「我們在印度海岸上，我們在馬來西亞的島上，我們在大洋洲中！我們穿越了半個地球，來到歐洲的對蹠點了！」

「那羅盤怎麼說？」叔叔問道。

「對！羅盤！」我說，面現慚色。「如果相信羅盤的話，我們一直都是朝北方走。」

「所以它說謊了？」

「噢！說謊？」

「除非這裡是北極！」

「北極！不是吧。可是……」

這當中發生的事無法解釋。我只能想像。

我們走近這塊賞心悅目的綠地。我飢渴難當。所幸走了兩個小時以後，明媚的鄉間景物呈現在我們眼前，橄欖樹、石榴樹和葡萄樹遍野，看起來好像屬於每個人。再說我們落到這步田地，也沒什麼好計較了。把鮮美的水果擠壓在我們的唇上，咬著葡萄樹上結實纍纍的葡萄，眞有說不出的受用！我在不遠處的草地裡，一處清涼的樹蔭下發現冷冽的泉水，我們把臉、手浸入水中，感到舒泰無比。

我們三人這樣子享受休息的輕鬆愜意的時候，一個小孩子從橄欖樹叢之間冒了出來。

「啊！」我喊道，「是這幸福國度的居民！」

那是一個破衣爛衫，體弱多病的小貧童。我們的樣子似乎非常嚇人。也難怪，我們衣不蔽體，鬍子拉碴，臉色灰敗，除非這個國家全是小偷，否則我們足以嚇跑這裡的每一位居民。

那個小孩撒腿開跑，漢斯趕了過去把他抓回來，也不管他又叫又踢。

叔叔先盡可能安撫他，然後以標準的德語對他說：

「小朋友，這座山叫什麼名字？」

小孩不答腔。

「好，」叔叔說，「我們不在德國。」

接著他用英語再問一遍同樣的問題。

小孩也沒作聲。我好奇起來。

「他是啞巴嗎？」教授喊道。他用自己引以爲傲的語言天分以法語再問一遍。

小孩同樣沉默。

「我們來試試義大利語好了，」然後他用義大利語問：

「我們在哪裡？」

「對！我們在哪裡？」我不耐煩地跟著問。

小孩還是不回答。

「喂！你會不會說話啊？」叔叔喊道，開始冒火了，他捏著小孩的耳朵搖晃他。「這小島叫什麼名字[1]？」

「斯特龍博利島[2]！」這位小牧童一答完就掙脫漢斯的手，然後穿越橄欖樹林，跑到平原去了。

我們壓根沒想到這座山！斯特龍博利！這個意想不到的名字觸發了我的想像力，一發不可收拾！我們人在地中海上，在因神話而存留世人記憶中的埃奧利群島[3]當中，在古島斯特龍基利[4]裡，那是埃俄羅斯駕馭風和暴風雨的地方。而東方那幾座圓弧藍山是卡拉布里亞[5]群山！矗立在南方地平線上的火山正是兇惡的埃特納[6]本尊。

1此處為義大利語Come si noma questa isola。
2斯特龍博利島（Stromboli）是位於西西里島北邊的火山島，埃奧利群島的其中一座，義大利三大活火山之一。
3埃奧利群島（Eolie）是位於西西里島北邊的火山群島，名字取自風神埃俄羅斯（Aeolus）。
4斯特龍基利（Strongyle）是斯特龍博利的古名。
5卡拉布里亞（Calabria），意大利南部的一個地區。
6埃特納火山（Etna）位於西西里島東岸，是歐洲著名的活火山。

「斯特龍博利！斯特龍博利！」我一再說著。

叔叔又動又說的爲我伴奏，我們看起來就像在合唱！

啊！好一場旅行！好一次美妙的旅行！我們從一座火山進去，從另一座出來，而這另一座距離斯奈佛斯，離冰島這個被拋到世界盡頭的乾燥國家四千八百公里以上。這趟旅程的機緣巧合把我們帶到地球上最和諧的地區！我們離棄恆雪極地，來到翠色濃重的地區，把苦寒之地的灰霧拋在腦後，回到西西里蔚藍的晴空下！

吃完一頓由水果和清涼的泉水組成的美味餐點之後，我們上路，前往斯特龍博利港。老實吐露我們是如何抵達島上的，恐怕不太安全：義大利人天生迷信，準會把我們看成地獄吐出來的惡魔，所以得讓他們以爲我們只是遇上船難的普通人。這麼說雖然有些自墮威風，卻比較保險。

半路上，我聽見叔叔念念有辭：

「可是羅盤，羅盤指著北方呀！這該如何解釋呢？」

「我說啊！」我一副不屑的神氣，「別費神解釋了！」

「那怎麼行！堂堂約翰學院的教授，竟然解釋不了一個宇宙現象，實在太可恥了！」

說著說著，腰間掛著皮錢包、半裸的叔叔扶了扶鼻子上的眼鏡，又變回那個橫眉瞪眼的礦物學教授了。

叔叔扶了扶鼻子上的眼鏡

離開橄欖樹林一個小時後，我們抵達聖溫琴佐港，漢斯索取他第十三週的工資，叔叔支付的時候還熱情地握他的手。

這一刻，就算漢斯不像我們那樣自然而然眞情流露，他也至少放任自己做了一個非同尋常的動作，表達他的情感。

他用指尖輕壓了我們的手，綻開笑容。

45

這就是故事的結局，凡事不以爲奇的人一定不會相信這個故事。不過我早已習慣了人性的多疑。

斯特龍博利漁民帶著敬意，迎接我們這群劫後餘生的人。他們送衣物和糧食給我們。經過四十八小時的等待，一艘小型沿海船在八月三十一日載我們到墨西拿，我們休息了幾天，從疲憊勞瘁中恢復過來。

九月四日星期五，我們登上法國皇家運輸公司的郵船之一「沃爾圖諾號」，三天後，我們在馬賽靠岸，心裡只有一個懸念，就是我們那個該死的羅盤。這件無法解釋的事著實傷透我的腦筋。九月九日晚上，我們抵達漢堡。

瑪特如何震愕，美麗的歌洛白又是如何欣喜若狂，我就按下不表了。

「現在你是個大英雄了，」我親愛的未婚妻對我說，「你再也不必離開我了，艾克賽！」

我看著她又哭又笑。

李登布洛克教授的歸來是否在漢堡鬧得滿城風雨，留待各位去細想了。多虧瑪特口風不緊，叔叔離家前往地心的消息傳遍世界。但不信邪的人見到教授也未必就此相信。

然而漢斯的現身以及冰島傳過來的各項消息，逐漸改變了大眾的看法。

於是叔叔變成偉人，而我成爲偉人的姪兒，這已經非常了得。漢堡設宴爲我們洗塵。約翰學院舉辦了一場對民眾開放的座談會，教授敘述這趟遠征的種種，唯獨不提與羅盤有關的事。同一天，他把薩克努森的祕密文件交予漢堡的檔案館，還表達了他強烈的悔憾，人算不如天算，他沒能循著冰島學者的足跡直到地心。他雖然榮耀加身，卻依舊謙遜，聲名又更加顯赫了。

樹大必然招風。確實如此，由於他有憑有據的理論與地熱說的系統兩相牴觸，因此他藉由筆和舌頭，與各國學者進行了多次引人矚目的辯論。

至於我，儘管大開了眼界，我仍是無法認同他的冷卻理論，我堅信地熱說，而且未來也會一直這麼相信。但是我承認某一些還難以定論的情況，可以在自然現象的作用下，改變這個定理。

就在這些問題沸沸揚揚的時候，叔叔嘗到了別離那令人黯然神傷的滋味。他雖然再三挽留，漢斯仍是離開了漢堡。我們虧欠他那麼多，他卻不肯讓我們償債。他對冰島充滿思鄉之情。

「法爾別[1]。」有一天，他對我們簡單話別了這一句，便前往雷克雅維克，也安全抵達了那邊。

我們特別想念我們勇敢的絨鴨獵人，他雖然不在身邊，卻讓我們這些受過他救命之恩的人永生難忘，而且我很確定死前一定會再見他最後一次。

在擱筆終卷之前，我得補充這本《地心探險記》在全世界造成了巨大轟動。它被印刷、翻譯成各種語言。最具公信力的報紙爭相刊登主要的橋段，在信者與不信者的陣營中，引起評述，討論，並受到雙方同樣熱烈的抨擊及辯護。這種事眞是罕見！叔叔有生之年都享受著他獲得的各項榮耀，就連巴納姆先生都來提議要在美利堅合眾國「展示他」並報以厚酬。

但是唯一的煩惱，甚至可以說是折磨，悄悄溜進榮耀之中。有一件事依然懸而未決，那就是羅盤。對一名學者而言，無法解釋的現象變成對智慧的磨難。結果呢，老天爺希望讓叔叔終身歡樂。

有一天，我在他的書房整理一批礦石，我注意到那個問題羅盤，於是我開始觀察它。羅盤放在那裡已經半年，它待在角落裡，絲毫沒有料到自己引起多大的煩惱。

1 farval，意爲告別。

忽然間，我震愕不已！我駭叫了一聲。教授聞聲跑了進來。

「怎麼了？」他問。

「羅盤！」

「羅盤怎麼樣？」

「它的指針指著南方，不是北方！」

「你說什麼？」

「您看！它的南北極變了。」

「真的變了！」

叔叔瞧了瞧，比較比較，然後一躍而起，震得整棟屋子撼了撼。

我們的腦子同時喀擦一亮！

「所以說，」他一恢復說話能力就喊道，「我們抵達薩克努森岬後，這該死的羅盤就指著南方而不是北方了？」

「顯然是這樣。」

「那我們的錯誤就說得通了。可是什麼現象會造成南北極反轉呢？」

「這還不簡單？」

「你解釋看看，孩子。」

「我們在李登布洛克海上遭遇暴風雨的時候，那個吸引木筏上的金屬的電球改變了我們羅盤的方位，就這麼簡單！」

「啊！」教授喊了一聲，開懷大笑，「所以是電擺了我們一道囉？」

從這一天起，叔叔成了最快樂的學者，我則是最快樂的男人，因爲我的歌洛白卸下教女的身分，晉身爲國王街上那棟屋子裡的姪女和嬌妻。不用多說，她的叔叔就是卓異的奧圖・李登布洛克教授，五大洲各科學、地質、礦物學會的通訊會員。

國家圖書館出版品預行編目資料

地心探險記／儒勒・凡爾納著；張喬玟譯.
—— 二版 —— 臺中市：好讀, 2021.08
面：　公分，——（典藏經典；71）

譯自：Voyage au centre de la Terre

ISBN 978-986-178-557-8（平裝）

876.57　　110012284

好讀出版

典藏經典71

地心探險記【法文全譯插圖本】

Voyage au centre de la Terre

作者／儒勒・凡爾納（Jules Gabriel Verne）
翻譯／張喬玟
總編輯／鄧茵茵
文字編輯／莊銘桓
行銷企劃／劉恩綺
發行所／好讀出版有限公司
台中市 407 西屯區工業 30 路 1 號
台中市 407 西屯區大有街 13 號（編輯部）
TEL:04-23157795 FAX:04-23144188 http://howdo.morningstar.com.tw
（如對本書編輯或內容有意見，請來電或上網告訴我們）
法律顧問　陳思成律師

讀者服務專線／TEL：02-23672044 / 04-23595819#230
讀者傳真專線／FAX：02-23635741 / 04-23595493
讀者專用信箱／E-mail：service@morningstar.com.tw
網路書店／http : //www.morningstar.com.tw
郵政劃撥／15060393（知己圖書股份有限公司）
印刷／上好印刷股份有限公司
如有破損或裝訂錯誤，請寄回知己圖書更換

二版／2021年8月15日
定價／350元
如有破損或裝訂錯誤，請寄回台中市407工業區30路1號更換（好讀倉儲部收）

Published by How Do Publishing Co., LTD.
2021 Printed in Taiwan
ISBN 978-986-178-557-8